Die Angst in mir

Angela Ambühl
Die Angst in mir

Eine interaktive Schauergeschichte

Edition Puhsaha

Bibliografische Information der Deutschen Nationalbibliothek:
Die Deutsche Nationalbibliothek verzeichnet diese Publikation in der deutschen Nationalbibliografie; detaillierte bibliografische Daten sind im Internet über http://dnb.dnb.de abrufbar.

© 2018 Angela Ambühl

Herausgeber: Edition Puhsaha, Buchs Zürich

Herstellung und Verlag: BoD - Books on Demand, Norderstedt

ISBN: 978-3-7528-1610-5

Kapitel 1: Erwachen

Dunkelheit. Nichts als Dunkelheit umgibt mich. Dick und fest wie eine Decke umschlingt sie meinen Körper und wärmt meine Haut. Ich spüre nichts durch diese Decke. Keine Kälte, Schmerz, Angst, Wut oder Trauer. Es ist, wie eine Flasche, die man austrinkt. Leer, bis auf ein paar kleine Rückstände.

Weit in der Ferne spüre ich ein Ziehen, das von meiner rechten Seite ausgeht. Fein, fast schon zärtlich zieht es an meinen mageren Rippen. Je mehr ich mich auf das Ziehen konzentriere, desto stärker wird es. Aus dem zärtlichen Ziehen wird ein rhythmisches Pochen, das nicht aufzuhören scheint. Das Pochen sendet kurze, aber starke Signale an mein Gehirn, sodass es schmerzt. Weisse Sterne tanzen vor meinem inneren Auge und spielen Fangen mit mir. Ich kann ihnen nicht folgen und will wegsehen, als ein hoher Schrei die Dunkelheit zerreisst. Der Schrei hallt in meinem Kopf und wird hin und her geworfen, als spielen kleine Wesen Tennis damit. Die Tonlage wird tiefer und droht, meine Ohren zum Platzen zu bringen.

Der Schrei verhallt langsam, als der nächste kommt. Dieser ist tiefer, fast schon wie das Brummen eines Motors. Auch dieser Schrei fungiert als Tennisball der kleinen Wesen in meinem Kopf, die ihn hin und her knallen. Ich will meine Ohren zuhalten, bin aber unfähig mich zu bewegen. Aus meinem Hals will ein Schrei entweichen, doch mein Mund bleibt zu und macht keinen Mucks.

Langsam verschwindet das Brummen und ich höre verschwommen eine Stimme: *„Es wird nur ganz kurz wehtun."*

Vor meinem inneren Auge sehe ich einen älteren Mann im weissen Kittel auftauchen. In seiner Hand hält er eine Spritze und setzt sie an meinem Oberarm an. Ehe die spitze Nadel in meine Haut eindringen kann, erscheint ein junger Mann im Bild. Er hat braunes, luftiges Haar, dunkelbraune Augen, hohe Wangenknochen und ein wunderschönes Lächeln. Seine Stimme klingt schon näher, als könnte ich nach den Tönen greifen. Seine Hand berührt meine Schulter, als er sagt: *„Kein Grund zur Sorge Aiden. Ich bin es, Ethan."*

Diese beiden Sätze lösen ein unbestimmtes Gefühl in mir aus. Ist es Sorge? Warum soll ich mich sorgen, ist etwas Schlimmes passiert? Aber er sagte doch, es gäbe keinen Grund zur Sorge. Was aber ist der Grund? Und was ist Aiden? Eine Bezeichnung, ein Gegenstand, ein Tier oder ein Name?

Aiden.

Das Wort schallt in meinem Kopf und setzt kleine Rädchen in Betrieb. Aiden, das ist ein Name.

Mein Name.

Jetzt erinnere ich mich daran. Meine Eltern gaben mir den Namen, als ich noch ein kleines Kind war.

Meine Eltern. Wer sie wohl sind? Ich kann mich nicht an sie erinnern. Weder an ihre Gesichter, Namen oder Wohnort. Ich weiss nichts über sie, nichts über mich, noch wo ich bin. Es ist alles wie gelöscht. Als hätte jemand mein Gehirn mit einer unnötigen Datei verglichen und diese in den Mülleimer geworfen und ohne zu zögern gelöscht. Aber das will ich nicht. Ich will meine Erinnerungen zurück. Jede Einzelne.

Aber vielleicht kann ich mehr erfahren, wenn ich meine Augen öffne? Oder werde ich dann noch weniger wissen als vorhin? Soll ich es wagen und meine schweren Lider öffnen?

Du entscheidest!

Wähle den Weg aus, den du möchtest. Aber aufgepasst, jede Entscheidung kann das Ende beeinflussen. Also wähle weise und lese auf den angegebenen Seiten weiter. Blättere aber nicht zurück und folge dem einmal gewählten Weg.

Die Augen geschlossen halten: weiter auf Seite 10
Die Augen öffnen: weiter auf Seite 13

Die Augen geschlossen halten

Ich beschliesse, meine Augen geschlossen zu halten und mich ein wenig auszuruhen. Mein Puls beruhigt sich langsam. Die wirren Bilder verschwinden und eine dunkle, aber wohlige Schwärze umgibt mich. Ich spüre, wie sich unter meinem Körper etwas Hartes bildet. Aus meinem Rücken wächst etwas hartes, kaltes und mit rissen durchzogenes Etwas. Ich spüre meine Beine, dann den Fuss und meine Arme. Mein ganzer Körper ist von einem Kribbeln durchzogen, als würden winzige Ameisen auf mir herumwuseln. Meine Lungen füllen sich mit frischer Luft. Das gibt mir ein Gefühl von Leben. Ich denke jedenfalls, dass es frische Luft ist. Die Luft könnte auch vergammelt sein, oder ein heimtückisches Gas enthalten, das mich vergiften will. Wenn es so wäre, dann ist es ziemlich sicher bald vorbei mit dem fröhlichen Gefühl von Leben. Aber was ist Leben überhaupt? Vielleicht bilde ich mir das Leben auch nur ein.

Auf einmal überkommt mich ein Gefühl der Angst. Kribbelnd, juckend, benebelt es alle meine Sinne. Ich bin unfähig, irgendwas zu machen, zu fühlen, zu denken. Ich bin nur von dieser Angst umgeben. Die Angst, dass das Leben nur eine Einbildung ist. Dass alles nur eine Einbildung ist. Alles, was ich bisher wusste, gemacht, gefühlt und erlebt habe. Dass alles nur ein simpler Streich meines Hirns ist. Was aber, wenn es keine Einbildung ist? Wenn alles echt ist? Oder doch eine Lüge? Wer kann mir sagen, was echt und was geträumt ist? Wer kann mir diese Dinge erklären? Gibt es überhaupt so etwas wie eine Erklärung? Ist das nur ein Wort ohne Bedeutung oder steckt mehr dahinter? Ich weiss auf alle diese Fragen keine Antwort. Ich weiss aber, dass wenn ich die Augen öffne, mich eine Antwort auf eine meiner Fragen oder gar die Erklärung des Ganzen erwartet. Soll ich es riskieren und meine Augen öffnen? Sehen, was sich hinter der dünnen Haut des Augenlids befindet?

Ich habe Angst es zu tun. Angst davor, die Augen zu öffnen und der Antwort in die kalten Augen zu sehen. Denn wenn ich eins gelernt habe, dann dass die Antwort meistens grausam und kalt sein kann. Jedenfalls denke ich, dass ich dies gelernt habe. Sicher bin ich mir nicht. Ich bin mir allgemein bei nichts sicher im Moment. Ich habe keine Ahnung, wer ich bin, wo ich bin und was ich vorher tat. Wenn ich etwas weiss, dann wie es ist, keine Ahnung zu haben. Und das verspüre ich seit einiger Zeit sehr oft. Also seit ein paar Minuten.

Langsam verschwindet die Angst und meine Sinne kehren zurück. Mein Rücken fühlt sich wieder normal an. Ich fühle mich jetzt bereit, um meine Augen zu öffnen.

Die Augen öffnen: weiter auf Seite 12

Die Augen öffnen

Langsam öffne ich meine schweren Augenlider und sehe nichts. Es ist noch zu dunkel, um irgendein Detail zu erkennen. Wieder steigt in mir die Panik hoch. Die Angst vor dem Ungewissen, der Unklarheit und die panische Angst vor der Wahrheit. Was wird mich erwarten, wenn sich meine müden Augen an die Dunkelheit gewöhnen? Wird die Wahrheit grausam oder ausnahmsweise nett sein? Ich kann nur das Beste hoffen. Aber Hoffnung ist auch so etwas Verräterisches. Sie spielt uns vor, dass sie toll ist, dass man sie nie verlieren sollte. Aber ist es nicht die Hoffnung, die uns zerstört? Die Hoffnung ist es, die uns in Zweifel bringt, uns versagen lässt und uns die kalte Schulter zeigt, wenn wir sie wirklich brauchen. Ich mag die Hoffnung nicht. Darum hoffe ich auch nur im schlimmsten Notfall, denn dann kann sie mich nicht im Stich lassen.

Langsam verschwindet die Dunkelheit und schwaches Licht dringt in die Ecken. Die Ecken sagen mir, dass ich in einem Raum bin. Einem nicht sehr grossen Raum. Es hat gerade mal genug Platz für ein altes und schmales Bett, einen Plastikstuhl und ein kleiner Nachttisch mit einer schlichten Lampe. Fenster sehe ich nicht. Die Wände sind kahl und grau. Einst weisser Verputz fällt von den Wänden und schmale Kratzer zieren den schmutzigen

Mörtel. An der Wand neben dem Bett klebt Blut. Ein paar kleine Tropfen, rot und einst dickflüssig, strahlen sie von den Wänden. Die rote Farbe löst in mir Herzklopfen aus. Aber nicht das schöne Herzklopfen, sondern das panische, unregelmässige Schlagen der nackten Angst. Ich habe eigentlich keine Angst vor Blut, ausser vor meinem eigenen. Denn das zeigt Schwäche. Und ich will nicht schwach sein. Auch eine Angst, die ich besitze. Die Angst vor der Schwäche. Ich habe aufgehört, meine Ängste zu zählen, es sind zu viele. Jedenfalls denke ich, dass ich sie mal gezählt habe, oder dass ich noch viele andere habe. Nein, dabei bin ich mir ausnahmsweise sehr sicher. Ich habe noch andere Ängste. Die genaue Zahl weiss ich nicht, aber es sind viele.

Schwaches Licht dringt durch die offenstehende Tür. Draussen im Gang erhellt eine schwache Glühbirne den sauberen Korridor und wirft einen schwachen Schein auf mich. Ich sehe an mir herab. Dunkle Stoffhosen mit einem Sternenmuster, die mir bis zu den Knien reichen. Darüber ein ebenso dunkles Shirt in derselben Farbe. Meine Füsse sind nackt und schmutzig. Meine Beine ebenso. Ich sehe mir meine Hände an. Sie sind rau, gross, mit knochigen Fingern. Meine Arme sind mit feinen Narben überzogen und sind genauso knochig wie meine Finger. Die Haut scheint bleich im schwachen Licht und ich erkenne jede Sehne und jeden Knochen. Ich will

13

meinen Bauch sehen, fürchte mich aber vor der Antwort. Was, wenn die Wahrheit diesmal grausam und kalt ist?

Das Shirt heben: weiter auf Seite 15
Das Shirt nicht heben: weiter auf Seite 18

Das Shirt heben

Mit zittrigen Händen umfasse ich den dunklen Stoff und ziehe ihn langsam hoch. Darunter kommt ein bleicher Bauch zum Vorschein. Die Rippen zeichnen sich stark ab und die Haut fühlt sich ledrig an. Ich will schreien, um mich schlagen, jemandem die Schuld geben, doch mein Mund ist wie ausgetrocknet. Die Unterlippe hat sich ein wenig von der Oberlippe getrennt und läst einen kleinen Abstand entstehen. Ich halte die Luft an. Einfach so, ohne dass ich meinem Körper einen Befehl gab. Es ist so, als hätte jemand Fremdes die Kontrolle über meinen Körper. Aber wer ist das? Wer könnte das sein? Wer könnte das wollen und warum? Was habe ich dieser Person getan, falls sie dahinter steckt. Wenn es überhaupt solch eine Person gibt. Nein, ich bin mir sicher, es ist jemand hier. Hier, in meinem Kopf. Es kontrolliert meinen Körper, mein Handeln. Aber nicht meine Gedanken. Denn meine Gedanken sind frei und unbändig. Niemand kann meine Gedanken haben. Niemand soll sie besitzen. Das werde ich nicht zulassen.

Ich habe Angst davor, dass ich meine Gedanken verliere. Dass dieses Etwas meine Gedanken irgendwie bekommt. Diese Angst zerfrisst mich, will in meine Gedanken eindringen, doch dann könnte dieses Etwas auch in meine Gedanken kommen. Aber der Gedanke an mein Aussehen ist tausendmal schlimmer, als die Sorge, dass jemand in meinem Kopf sein könnte und mich meiner Gedanken beraubt. Der Schreck, der von meinem Aussehen ausging, sitzt noch tief in mir.

Vorsichtig schaue ich nochmals nach, in der Hoffnung, es hätte sich verändert. Aber ich sehe das gleiche Bild wie vorher. Dünne, abgemagerte, hässliche Haut auf einem noch viel hässlicheren Bauch. Eine weitere Angst, die immer an mir nagt. Die Angst vor dem Hässlichsein, nicht schön genug zu sein für die Gesellschaft. Ist man nicht schön, ist man ein Niemand. So gelten die Regeln heutzutage. Man braucht Geld, gutes Aussehen, Charme, gute Schulnoten und Zicken als Freunde. Alles Dinge, die ich nicht habe. Ich bin hier gefangen, in diesem Raum. Ich mag den Raum mit seinem Bett, den Stuhl, sogar die Wände gefallen mir. Sie geben mir etwas Heimeliges, Wohles. Ein Ort, der mich mit etwas verbindet. Ich weiss zwar noch nicht was, aber ich spüre tief in mir eine Verbindung zu diesem Raum. Wenn ich doch nur etwas hätte, an dem ich mich orientieren könnte.

Mein Blick schweift durch den Raum und bleibt in einer Ecke hängen. Dort liegt eine Vogelfeder. Sie ist nicht sehr weit entfernt. Ich könnte mich auf den Bauch legen, um sie zu holen, oder aufstehen.

Aufstehen: weiter auf Seite 20
Auf den Bauch legen: weiter auf Seite 22

Das Shirt nicht heben

Ich beschliesse, mein Shirt nicht hochzuziehen und sehe mich etwas genauer an. Meine Haut ist schneeweiss und ich sehe jede Blutader. Violett, fast schon blau schimmern sie durch die Haut. Ein Zeichen des Lebens. Blut bedeutet Leben, hat mal jemand zu mir gesagt. Ein schönes Wort, doch auch in den Toten hat es Blut. Es ist ja nicht so, dass das Blut plötzlich verschwindet, wenn das Leben aus dem Körper weicht. Mich würde interessieren, wie das aussieht. Manche sagen, es sei scheusslich. Andere behaupten, es hätte etwas Magisches an sich, wenn das Leben aus den Augen verschwindet. Ich würde es gerne sehen, bei jemandem, den ich nicht kenne. Vielleicht ein alter Mann auf der Strasse. Nein, ich fürchte mich vor alten Menschen. Sie schauen mich immer so böse an mit ihren falschen Zähnen, Falten und künstlichen Gelenken. Ich habe immer Angst, dass sie mich beissen, wie ein Vampir. Ich glaube nicht an Vampire, bin aber nicht vollständig davon überzeugt, dass sie nur Märchen sind. Es könnte Vampire geben. Und wenn es sie gibt, dann sind es die alten Menschen, die uns mit ihrer Vergesslichkeit anstecken wollen. Vielleicht hat mich ein alter Mann gebissen und ich habe deshalb alles vergessen? Es könnte sein, muss aber nicht.

Da ich meinen Körper fertig betrachtet habe, sehe ich

mich im Raum um. In einer Ecke sehe ich eine Vogelfeder. Sie ist braun und schimmert leicht. Sie ist schön und ich will zu ihr. Ich könnte mich auf den Bauch legen oder aufstehen. Was wäre besser. Würde mein Bauch schmerzen? Kann ich überhaupt aufstehen? Habe ich das gelernt und kann ich mich daran erinnern?

Aufstehen: weiter auf Seite 20
Auf den Bauch legen: weiter auf Seite 22

Aufstehen

Ich fühle mich bereit, um aufzustehen. Aber wie ging das noch mal? Die Angst des Versagens überkommt mich. Ich versuche das Herzklopfen zu vergessen und stemme meine Hände auf die Matratze. Ich ziehe meine Beine an und drehe meinen Körper seitlich aus dem Bett. Ich stelle meine Füsse auf den Boden und verlagere Gewicht auf sie. Vorsichtig stemme ich meinen Körper ein bisschen in die Luft, meine Füsse müssen noch mehr Gewicht tragen. Ich drücke mich hoch und jetzt lastet mein gesamtes Körpergewicht auf meinen beiden bleichen, schmutzigen Füssen. Die schwachen Muskeln in meinen Beinen ziehen, kribbeln und versuchen sich an das plötzliche Gewicht zu gewöhnen. Nach einer Weile versuche ich, einen Schritt zu gehen, ohne Erfolg. Ich klappe wie ein schwerer Sack Kartoffeln zusammen und schlage schmerzhaft auf dem Boden auf. Ein leiser Schrei entweicht meiner trockenen Kehle. Er klingt hoch, eingerostet und kratzig. Ist das meine Stimme? Ich hoffe es, denn nur schon der blosse Gedanke an eine plötzliche Stummheit lässt mich Panik schieben. Ich fürchte mich vor dem Anderssein. Stumme werden gemieden und das will ich nicht. Aber ist das überhaupt meine Stimme? Oder doch die eines anderen Wesens?

Ich kann nicht mehr länger warten und muss es wissen. Vorsichtig versuche ich, mich zu räuspern. Es klingt nicht sehr toll. Ich versuche es erneut, stärker und lauter. Da, ein schwacher Ton entrinnt aus meinem Hals. Er zeigt mir, dass ich noch eine Stimme besitze. Zwar leise, aber meine Stimme existiert. Wie der Rest meines Körpers.

Ich schweife zurück zu meinen Beinen und begutachte die schmerzende Stelle. Das Pochen geht von meinem Knie aus. Nach genauerem Betrachten im schwachen Licht erkenne ich eine kleine Schürfung. Nicht sehr tief, aber es blutet ein wenig. Mit meinem Finger fahre ich über die Wunde und halte ihn ins Licht. Er ist rot von meinem Blut. Es glitzert geheimnisvoll im schwachen Licht und zeigt mir ein weiteres Zeichen des Lebens.

Wieder stemme ich den Körper auf meine Füsse und unternehme einen erneuten Versuch aufzustehen. Diesmal klappt es besser. Meine Beine halten meinen mageren Körper, wenn auch zittrig. Aber ich stehe auf meinen eigenen Füssen. Ich nehme meine Hand von der Wand und mache einen zielstrebigen Schritt zur Feder. Doch meine Beine sind für diesen Kraftakt noch nicht bereit und so kippt mein gesamter Körper nach hinten und mein Kopf schlägt gegen die graue Wand.

Lies weiter in Kapitel 2 auf Seite 25

Auf den Bauch legen

Ich beschliesse, mich auf meinen Bauch zu legen, da ich meinen Beinen nicht zutraue, dass sie mein gesamtes Gewicht halten können. Aber wie sieht mein nächster Schritt aus? Langsam lasse ich mich an der Wand nach unten rutschen, bis ich ganz auf dem Boden liege. Meine Haare berühren noch die Wand, aber das stört mich nicht. Nun kommt der schwierigere Teil, nämlich das auf den Bauch rollen. Mit alleiniger Kraft schaffe ich dies nicht. Ich muss mich wohl oder übel an die Wand lehnen, um mich dann auf den Bauch zu rollen. Langsam tue ich dies. Sehr langsam. Wie in Zeitlupe drehe ich mich zur Wand und stosse mich ab. Ich lande auf dem Bauch und spüre, wie die Luft aus meinen Lungen gedrückt wird. Sofort überkommt mich die Angst des Erstickens, die Angst vor dem Sterben. Schnell schiebe ich meine Arme unter den Körper und wuchte meinen Oberkörper hoch. Hektisch atme ich ein, zwinge mich aber dann, langsam zu atmen und jeden Zug zu geniessen. Jetzt kommt der schwerste Teil. Nun muss ich mich ein wenig zur Feder hin robben. Vielleicht 20 Zentimeter, aber für mich ist das eine riesige Strecke. Ich versuche, mich zu erinnern wie das ging. Schliesslich setze ich meinen rechten Arm nach vorne und ziehe meinen Körper nach. Meine Oberarme beginnen zu schmerzen und ich spüre jeden Muskel, wie er sich dehnt und gegen den ungewohnten Kraftaufwand protestiert. Mit meinen Knien schiebe ich nach und spüre, wie die Haut aufreisst. Ein leiser Schrei entweicht meiner trockenen Kehle. Er klingt hoch, eingerostet und kratzig. Ist das meine Stimme? Ich hoffe es, denn nur schon der blosse Gedanke an eine plötzliche Stummheit lässt mich Panik schieben. Ich fürchte mich vor dem Anderssein. Stumme werden gemieden und das will ich nicht. Aber ist das überhaupt meine Stimme? Oder doch die eines anderen Wesens?

Ich kann nicht mehr länger warten und muss es wissen. Vorsichtig versuche ich, mich zu räuspern. Es klingt nicht sehr toll. Ich versuche es erneut, stärker und lauter. Da, ein schwacher Ton entrinnt aus meinem Hals. Er zeigt mir, dass ich noch eine Stimme besitze. Zwar leise, aber meine Stimme existiert. Wie der Rest meines Körpers.

Ich schweife zurück zu meinen Beinen und begutachte die schmerzende Stelle. Dazu muss ich mich auf den Rücken drehen und das schmerzende Bein heben. Es gelingt mir auf Anhieb, was mich sehr glücklich macht.

Das Pochen geht von meinem Knie aus. Nach genauerem Betrachten im schwachen Licht erkenne ich eine kleine Schürfung. Nicht sehr tief, aber es blutet ein wenig. Mit meinem Finger fahre ich über die Wunde und halte ihn ins Licht. Er ist rot von meinem Blut. Es glitzert im schwachen Licht geheimnisvoll und zeigt mir ein weiteres Zeichen des Lebens.

Nach einem weiteren schmerzvollen Zug erreiche ich die Feder. Sie liegt nun vor mir in greifbarer Nähe. Aber etwas hält meine Hand zurück. Ich kann die Feder nicht greifen. Sie könnte ein Monster sein, das sich tarnt. Oder die Berührung könnte Schmerzen bereiten. Ich fürchte mich vor Schmerzen und weiss nicht, ob ich es wagen soll, diese Feder zu berühren. Aber ich möchte auch wissen, was es mit dieser Feder auf sich hat. Soll ich sie berühren oder es bleiben lassen? Ich merke, dass meine Lider schwer werden. Ich bräuchte dringend Schlaf, eine Pause, Erholung. Ich könnte auch einfach schlafen und alles vergessen.

Die Feder nehmen: weiter auf Seite 28
Schlafen: weiter auf Seite 35

Kapitel 2: Dunkles Licht

Helligkeit. Überall. Weiss und gleissend durchdringt das Licht meine geschlossenen Augenlieder. Warm, aber doch eiskalt. Es umgibt mich, überall. Nichts als weisse Unendlichkeit und gleissende Wärme. Aber doch friere ich. Meine Finger zittern, ich spüre meine Zehen nicht mehr.

Bin ich tot?

Es ist eine einfache Frage ohne Antwort. Ich könnte sehr gut tot sein. Aber wer sagt mir das? Wer könnte mir dies versichern, mir klar machen, dass ich lebe oder tot bin? Ich muss es herausfinden. Irgendwie. Es muss doch eine Lösung geben, wie ich eine einfache Antwort, ein Zeichen auf meine Frage finde. Ich könnte meine Augen öffnen und der Wahrheit entgegenblicken. Aber die Wahrheit kann kalt und grausam sein. Aber war sie es vorhin auch? In dem dunklen Raum hatte ich nichts gefunden, was mir kalt und grausam erschien. Aber dort umgab mich Dunkelheit. Dunkelheit ist böse, aber die Wahrheit war nicht schlecht. Das Licht gilt als gut, aber gilt die Wahrheit dann auch als gut? Was wenn die Wahrheit diesmal schlecht ist, das Gegenteil der Farbe? Oder ist dies der Streich eines Wesens in meinem Kopf? Lässt es mich glauben, Licht wäre gut und Dunkelheit wäre böse? Vielleicht ist es genau anders um. Denn ohne das Licht gibt es kein Schatten und ohne den Schatten gäbe es kein Licht, das man als solches erkennen könnte. Also ist das Licht daran Schuld, dass es Schatten gibt. Ohne Helden gäbe es keine Bösewichte. Aber ich muss wissen, ob ich nun lebe oder nicht!

Ich nehme meinen Mut zusammen und öffne meine Augen. Zuerst blendet mich das helle Sonnenlicht, zumindest denke ich, dass es Sonnenlicht ist, aber langsam gewöhnen sich meine Augen an das Licht und es bilden sich Kanten und Konturen. Als Erstes erkenne ich eine weiss-gelblich gestrichene Wand. Ein grosses Fenster, ein überladenes Pult, ein unordentlicher Schrank, Schmutzwäsche und diverse Möbel. Alles in allem erinnert es mich sehr an ein normales Zimmer. Es scheint mir nichts böse oder schlecht. Vielleicht hatte mich das Licht nur reingelegt und das alles ist nur ein blöder Scherz?

Vorsichtig erhebe ich mich langsam und stehe auf. Ich trage den gleichen Pyjama wie im dunklen Raum. Nun sehe ich an mir runter, mit der Angst in mir, dass ich hässlich sei. Aber ich entdecke nur helle, gesunde Haut, einen schlanken Körper und erfühle gesunde, gewaschene dunkle Haare. Sofort lässt die Panik nach und ich ziehe belanglos irgendwelche Sachen an. Eine dunkle Jeans, ein weisses Shirt und darüber eine schwarz-blau gestreifte Jacke. Noch schwarze Socken und fertig.

Neben dem Pult liegt ein schwarzer Rucksack mit einem roten Muster. Er ist offen und aus seinem Inneren schauen verschiedene Bücher hervor. Ich weiss, dass das alles Schulbücher sind und dass ich den Rucksack mitnehmen muss. Ich weiss auch, dass noch andere Sachen hineingehören. Ein MP3-Player mit dazugehörigen Kopfhörern, ein Portemonnaie und ein dunkelgrünes Etui mit Stiften. Etwas fehlt, das spüre ich. Etwas schweres, dunkles und wichtiges. Mein Blick schweift umher und bleibt an einem dicken Buch hängen, das auf meinem Nachttisch liegt. Ein filigranes Schloss verschliesst seinen Inhalt. Den dazugehörigen Schlüssel sehe ich aber nirgends.

Ich sehe mich noch weiter um und bleibe beim Schrank hängen. Einer der beiden Türen steht offen und präsentiert mir seinen Inhalt. Ein kleiner Streifen eines Spiegels glänzt zu mir hin. Sofort werde ich neugierig, denn ich möchte schon wissen, wie mein Gesicht aussieht. Aber das Buch sieht auch sehr spannend aus. Was soll ich machen?

Zum Spiegel gehen: weiter auf Seite 32
Das Buch betrachten: weiter auf Seite 37

Die Feder nehmen

Mit meiner Hand umschliesse ich die feine Feder. Sie ist weich und löst in mir etwas aus, stark und benebelnd. Es kämpft sich in meinen Kopf und nagt an meinem Hirn, bis es pocht. Ich spüre jeden Blutstropfen, der zwischen Schädelknochen und meinem Hirn fliesst und das schmerzhafte Pochen verursacht. Ich halte meine Hände gegen die Schläfen und versuche es zu stoppen, doch es wird nur noch schlimmer. Ein Schrei entkommt meiner kratzigen Kehle und lässt es in meinen Ohren klingeln. Dann wird alles schwarz und der Schmerz lässt nach.

Es ist, als wäre ich in Trance. Alles ist fein, weich und verschwommen. Ich spüre meinen Körper nicht. Sehe und höre nur. Ich stehe im dunklen Raum. Ich gehe federleicht zur geschlossenen Tür, schwebe hindurch und will gerade durch eine andere Tür gehen, als ich eine Stimme höre. Es ist die Stimme eines Jugendlichen, vielleicht so um die 15 Jahre alt. Ich höre noch weitere Stimmen. Sie lachen dreckig und kommen näher. Als sie um eine Ecke biegen, erkenne ich, dass es drei Jungs sind, die ein etwa gleichaltriges Mädchen vor sich herstossen. Der eine trägt eine Mütze, viel zu grosse Jeans und ein dunkles Shirt. Seine hellen Haare verdecken sein schmales Gesicht. Neben ihm steht ein grösserer Junge mit dunklen Haaren. Ich sehe von Weitem, dass er ein paar Kilos zu viel auf den Hüften hat. Er trägt eine Lederjacke und dazu passende Schuhe. In der Mitte läuft der Grösste von ihnen. Er ist schlaksig, dünn, fast schon zerbrechlich. Er trägt eine rote Hose mit Hosenträgern und darunter ein weisses Hemd. Er hat rötliche Haare, trägt eine runde Brille und seine Zahnspange glitzert im schwachen Licht. Er sieht für mich nicht gerade nach einem dummen Kerl aus. Eher wie ein besonders guter Schüler, der nur Wert auf gute Noten legt.

Er gibt dem Mädchen vor ihnen einen harten Tritt in die Seite und das wimmernde Mädchen schreit auf. Sie hat dunkle, lange Haare. Die blauen Flecken, Schnittwunden und Blutergüsse schimmern noch stärker hervor. Blut klebt in ihren Haaren, an den dünnen Fingern und sickert durch die Hose. Das Mädchen erweckt in mir ein Gefühl, das ich nicht kenne. Ich mache mir Sorgen um sie. Wie nennt man das noch gleich? Mitgefühl? Ich glaube schon.

Ich möchte ihr helfen, sie umarmen und sagen, dass alles gut wird, aber ich habe Angst. Angst vor den Jugendlichen, dem Mädchen. Alle vier könnten mich angreifen, verletzten, oder gar töten! Je weiter ich darüber nachdenke, desto mulmiger wird mir. Ich möchte fort von hier, nicht mehr dieses Mädchen ansehen. Doch es existiert auch eine Neugierde in mir, die mich hierbehält.

Der Junge mit der Lederjacke packt das Mädchen mit seinen blutverschmierten Händen an den Haaren und zieht sie hoch. So hoch, bis sie Auge in Auge mit dem Rothaarigen ist. Dieser betrachtet sie mit einem bösen Lächeln. Ich kann ihr Gesicht nicht erkennen, sie steht mit dem Rücken zu mir. Der Rothaarige sagt fies grinsend: „Na? Willst du uns jetzt die Wahrheit sagen, Psychopath?"

„I-ich h-habe euch a-alles gesagt. E-s ist d-die Wahrheit", flüstert das Mädchen stockend. Ich kann ihre Angst spüren. Ich kann sie gut verstehen, ich habe selbst panische Angst vor solchen Sachen. Die Angst der Demütigung, Unterdrückung und Ausnützung.

„So.", meint der Junge mit gespielter Verständlichkeit. „Du erzählst also, dass du Stimmen hörst, in zwei Welten gefangen bist und übernatürliche Wesen siehst? Dachtest du wirklich, das sei alles wahr?" Er kommt mit seinen Lippen ihrem Ohr immer näher. „Ist es aber nicht. Nichts von all dem ist wahr. Du hast alles erlogen. Jedes einzelne Wort." Er spricht langsam und zischt es leise in ihr Ohr.

„A-aber es stimmt! Warum s-sollte ich lügen?", ruft das Mädchen angsterfüllt.

„Weil du ein dummes Mädchen bist, ohne Freunde.", lacht der Rothaarige und gibt seinen Freunden ein Zeichen. Diese ziehen das Mädchen langsam zum dunklen Raum, aus dem ich gekommen bin. Doch das Mädchen schreit, tritt um sich und krallt sich am Hosenbund des rothaarigen Jungen fest. Er löst ihre

Finger und diese rutschen zur Hosentasche. Dort greifen sie sich an einer Kette fest. Es ist ein Lederband mit einer braunen Vogelfeder. Die Vogelfeder reisst ab und das Mädchen wird mit einem Ruck in den dunklen Raum geworfen und eingesperrt. Dann wird um mich herum alles schwarz.

Lies weiter in Kapitel 2 auf Seite 39

Zum Spiegel gehen

Mit zögerlichen Schritten gehe ich zum Schrank. In mir bahnt sich eine Angst an, die Angst vor dem Ungewissen. Wie werde ich aussehen? Hässlich, schön oder gar wunderschön? Ich weiss es nicht, aber ich habe Angst davor. Nicht sehr starke Angst, aber meine Neugierde lässt ein wenig des betäubenden Gefühls durch.

Meine Hand umschliesst die geschlossene Schranktür. Das helle Holz ist fein und geschliffen. Es riecht ein wenig nach alter Farbe, aber es ist im erträglichen Bereich. Langsam öffne ich die Tür und schliesse aus Reflex die Augen. Die Panik übernimmt meinen Körper, lässt mich erstarren, die Luft anhalten und unkontrolliert zucken. Die Angst hat meinen Körper komplett im Griff und lässt kein anderes Gefühl durch. Ich spüre, wie ein bisschen Neugier an der Angst vorbeikommt und meinen Lungen den Befehl zum Atmen gibt. Frische Frühlingsluft dringt in meine Lungenflügel und die Panik lässt ein wenig nach. Auch das Zittern legt sich nach ein paar tiefen Atemzügen.

Du kannst das, denke ich und sammle Mut. Aber bis ich genug Mut habe, um die Augen zu öffnen, dauert es eine Weile. Als es endlich so weit ist, klappen meine verkrampften Lider hoch und ich stehe meinem Spiegelbild gegenüber. Blaue Augen, dünne Lippen, schmales Gesicht, eine feine Nase, kleine Ohren, magere Wangen. Unter meinen leuchtenden Augen habe ich dunkle Augenringe. Die Lippen sind bleich, beinahe schon kränklich. Im Spiegel erkenne ich den Rest meines Körpers. Mager, eher gross, lange Beine, kleine Brüste.

Die Panik hat nachgelassen. Ich bin beruhigt. Ich bin nicht hässlich, aber auch nicht wunderschön. Ich bin normal. Ein wenig dünn vielleicht, aber ich mag nicht essen. Ich habe keinen Hunger, habe ich noch nie gehabt. Ich esse nur, um zu überleben. Nur das Allernötigste und auch nur Sachen, welche ich mag. Das ist eigentlich nur etwas, nämlich Kuchen aus der Dose. Ich liebe das weiche Gebäck aus der Aludose, in den verschiedensten Geschmacksrichtungen. Bei uns gibt es die nicht, deshalb bestelle ich sie immer im Internet. Es dauert zwar lange, bis die Lieferung kommt, aber es lohnt sich. Woher ich das alles weiss, kann ich nicht sagen. Es ist plötzlich in meinem Kopf aufgetaucht. Als hätte jemand eine Datei hinzugefügt.

Ich weiss auch die nächsten Schritte und verlasse mein Zimmer mit dem Rucksack in der Hand. Ich gehe einen langweiligen Gang entlang, bis ich in eine Küche komme. Auf dem Tisch stehen eine Tasse Kaffee und eine Schüssel mit Müsli in Joghurt. Soll ich etwas essen oder einfach das Haus verlassen?

Ich lasse das Frühstück links liegen, denn ich habe keinen Hunger.

Lies weiter auf Seite 43

Schlafen

Meine müden Lider fallen schon zu, bevor ich nach der Feder greifen kann. Mein Körper erschlafft, alles wird schwarz und ich falle in einen tiefen, traumlosen Schlaf.

Ich erwache wieder, als mich etwas zieht. Es schleift mich durch den Gang mit der Glühbirne. Wegen der plötzlichen Helligkeit schliesse ich immer wieder meine Augen, bis sie sich an die Helligkeit gewöhnt haben. In der Zwischenzeit kreisen Fragen wie: Wie viel Zeit ist vergangen, bin ich immer noch im selben Raum wie vorhin, was zieht mich? Und wohin will es mich ziehen?

Was zieht mich?

Ich spüre keine menschliche Hand. Auch keine weiche Pfote eines Tieres, oder lange Reisszähne, die sich in mein Fleisch bohren. Nein, mein Fussgelenk hat etwas haariges, mit kleinen Haken besetztes Etwas umfasst. Nun höre ich auch mehrere Füsse, die in regelmässigen Abständen auf den Boden tappen. Es sind weiche Füsse, welche flink und schnell über den Boden huschen. Aber es sind auch schwere Füsse und sicher mehr als zwei.

Wieder einmal hat mich die Neugierde gepackt und ich öffne schnell meine Augen. Zuerst sehe ich nur das helle Licht der Glühlampen, die an der Decke vorbeihuschen. Das Wesen zieht mich sehr schnell. Ich schaue an meinem Fuss runter und erstarre. Die Luft bleibt mir im Hals hängen, als ich sehe, was mich zieht. In meinem Bein stecken mehrere Haken, die an einem langen, haarigen Bein wachsen. Das sehr lange Bein gehört zu einem dicken, runden, behaarten Körper. Am Torso sind weitere sieben Beine befestigt. Vorne erkenne ich einen Kopf mit vier grossen, schwarzen Augen und langen Fangzähnen. Mich zieht eine Spinne im Ausmass eines grossen Familienautos! Eine hellbraune Spinne mit dunkleren Streifen.

Langsam macht sich die fehlende Luft bemerkbar und ich atme hektisch ein. Wenn ich vor etwas Angst habe, dann vor behaarten Spinnen. Egal wie gross, oder klein. Mit dünnen, langen Beinen, oder kurzen Stummelbeinen. Ich habe panische Angst vor ihnen. Und gerade jetzt zieht mich eine riesengrosse Spinne durch einen mir unbekannten Gang.

Mein hektisches Einatmen zieht ihre Aufmerksamkeit auf mich. Sie bleibt stehen, lässt mich los und dreht ihren grossen Körper um. Mit ihren vier dunklen Augen sieht sie mich an und schnappt mit den Zähnen. Ich kann ihr ätzendes Gift bis zu mir riechen, dass mich sicher töten wird, wenn sie mich beisst.

Was soll ich tun?

Leise wegschleichen: weiter auf Seite 47
Rennen! Weiter auf Seite 51

Das Buch betrachten

Ich gehe zum Nachttisch und nehme das Buch in die Hand. Es ist schwer, die Ränder sind abgenutzt und es riecht alt. Auf der Vorderseite sticht mir ein dunkler Fleck ins Auge. Er ist rötlich, eingetrocknet. Mit meinem Finger streiche ich über den Fleck und rieche nachher an meiner Fingerbeere. Der Zeigefinger riecht metallisch, süsslich, nach Blut. Es ist eindeutig Blut und sofort bekomme ich Angst, dass es von mir sein könnte. Aber was macht mein Blut auf dem Buch? Habe ich mich an einer Seite geschnitten? Erneut streiche ich mit meinen Fingern über den Buchdeckel. Es wird dunkel um mich und Bilder ziehen an mir vorbei, wie in einem Film. Ich sehe mich auf einem Platz, umgeben von Jungs. Ich umschlinge das Buch fest mit meinen Händen und weiche immer mehr zurück. Die drei Jungs, zwei breite Kerle und ein dünnerer umringen mich.

„Hast du Angst vor uns?", hänselt der Dünne. Ich sage nichts. Hinter mir kommt eine Wand immer näher und ich werde gegen die Wand gedrückt. Der Dünne gibt ein Zeichen und einer der breiten Kerle schlägt mit der Faust in meine Magengrube.

„Na? Erzählst du uns jetzt, was du in dieses Buch geschrieben hast? Es muss ja sehr wertvoll sein, so fest umschlingst du es. Stehen darin vielleicht Zaubersprüche und du bist eine Hexe?" Nun lachen alle laut auf und der Dünne sieht mich lange an. Nach einer Weile gibt er erneut ein Zeichen. „Gebt ihr den Rest. Sie wird nichts sagen." Damit wendet er sich um und lässt die beiden breiten Muskelpakete mit mir alleine. Der eine packt mich unter den Armen und hält mich fest, während der andere seine Faust immer wieder in meinen Bauch drischt. Ich schreie, wende mich, weine, doch sie haben kein Mitleid. Zu guter Letzt donnert er seine Faust auf meine Nase und es knackt. Der andere lässt mich los und ich falle wie ein nasser Sack nach unten. Lachend wenden sie sich ab und Blut fliesst aus meiner Nase und tropft auf das Buch. Der schwarze Stoff zieht die rote Flüssigkeit gierig auf, während ich weinend am Boden liege.

Ich schlage die Augen auf und mein Bauch tut weh, als hätte mich jemand wirklich geschlagen. Etwas benommen schnappe ich mir meinen Rucksack, packe das Buch ein und verlasse das Zimmer. Ich gehe einen langweiligen Gang entlang, bis ich in eine Küche komme. Auf dem Tisch stehen eine Tasse Kaffee und eine Schüssel mit Müsli in Joghurt. Soll ich etwas essen oder einfach das Haus verlassen?

Ich lasse das Frühstück links liegen, denn ich habe keinen Hunger.

Lies weiter auf Seite 43

Kapitel 2: Dunkles Licht

Angenehme Dunkelheit umgibt mich. Sanft und zart schwebe ich im Nichts. Nichts umgibt mich, nur Dunkelheit. Das Nichts manifestiert sich und wird kälter. Es dringt durch meine Kleider, in meine Haare, es kriecht zwischen meine Finger. Es wird immer kälter, feuchter, wie ein Nebel. Ich spüre die einzelnen Tropfen, wie sie sich zusammenschliessen, eine feste Masse werden. Aus feucht wird nass, und als ich meinen kleinen Finger bewege, fühle ich nur nasses Wasser. Sofort reisse ich die Augen auf und bin umgeben von Wasser. Über mir, unter mir, überall Wasser. Wie ein Stromstoss durchfährt mich die Angst des Ertrinkens. Ich reisse meinen Mund auf, um zu schreien, doch es dringt nur noch mehr Wasser ein. Wie wild strample ich mit den Füssen, versuche mich an das Schwimmen zu erinnern, das ich mal gelernt hatte. Immer weiter paddle ich mit meinen Beinen und kann ein schwaches Licht erkennen. Es strahlt förmlich in der Dunkelheit und zieht mich in seinen Bann. Meine Lungen brennen, das Herz pocht und ich spüre jeden Herzschlag in meinen Fingerspitzen. Meine Beine brennen wie Feuer und wehren sich gegen das ungewohnte Benützen meiner untrainierten Muskeln. Vor meinen Augen tanzen schwarze Punkte, die immer grösser werden. Endlich erreiche ich die Wasseroberfläche. Gierig schnappe ich nach Luft, sauge den modrigen Gestank ein, der in der Luft liegt. Hektisch schwimme ich noch die letzten paar Meter zum Ufer. Meine Arme brennen und schreien nach Pause. Als ich Boden unter meinen nackten Füssen spüre, stolpere ich ungeschickt raus, nur um mich gleich wieder auf den steinigen Boden fallen zu lassen. Die nassen Kieselsteine stören mich nicht. Mein Bauch hebt und senkt sich im unruhigen Rhythmus.

Als mein Atem wieder regelmässig geht, fällt mir das Licht wieder auf. Es scheint hell hinter mir und erleuchtet die kleine Höhle, in der ich mich befinde. Wie ich hierher gekommen bin, kann ich mir nicht erklären. Die Höhle ist steinig, nass und an einigen Stellen mit Moos überwuchert. Die einzige Lichtquelle ist das Licht hinter mir. Sofort stehe ich auf und folge dem hellen Schein. Ich gelange in einen schmalen Gang, der immer breiter wird. Auch das Licht wird mit jedem Schritt heller, bis es plötzlich einen ganzen Raum erhellt. Es blendet mich, doch ich gewöhne mich schnell daran. Aber was ich in der Mitte des Raumes sehen kann, lässt meinen leeren Magen rebellieren. In der Mitte des Raumes sitzt ein Wesen, gross und mächtig wie ein Elefant. Auf seinem Kopf hat es ein grosses Horn, dass sich als die Lichtquelle erweist. Es ist von einem grünen, moosartigen Fell überzogen.

Vereinzelt kann ich graue, felsartige Schuppen erkennen. Dazu hat es lange Krallen, einen mit Stacheln besetzten Schwanz, vier Beine und zwei kleine Arme. Aber das Schlimmste ist sein Kopf und das Gesicht. Denn es hat drei giftgrüne Augen, zwei Nasenlöcher, aus denen bräunlicher Schleim tropft und sehr grosse, und ich meine sehr grosse, Zähne. Mit seinen langen, dünnen Armen hebt es etwas vom Boden auf und führt es zu seinem Mund. Dieser öffnet sich und es verschlingt das Etwas mit Haut und Haar. Das Geräusch von brechenden Knochen und fliessendem Blut erreicht mein Gehör und eine Übelkeit überkommt mich. Ich könnte jetzt erbrechen, aber mein leerer Magen verhindert das.

Das Monster erinnert mich an eine Angst, die mich schon immer begleitet hat. Die Angst vor dem Monster unter dem Bett. Ich hatte und habe immer noch Angst, dass ein Monster unter meinem Bett wartet und mich fressen will. Meine Eltern sagten immer, das gäbe es nicht, aber ich glaubte ihnen nicht. Und nun steht meine Kindheitsangst direkt vor mir und verspeist etwas Menschenähnliches. Ich habe Angst, panische Angst, dass es mich fressen wird. Ich denke, das wird es bald, denn es hat mich bemerkt und dreht sich mit einem Grunzen um. Die drei Augen starren förmlich in meine Richtung und es fährt sich mit seiner dunklen Zunge über die blutverschmierte Schnauze. Langsam setzt es einen seiner grossen Füsse in Bewegung und zieht seinen dicken Körper nach. Ich stehe wie angewurzelt da und starre ihm entgegen. Was soll ich tun?

Erstarren: weiter auf Seite 55
Rennen! Weiter auf Seite 59

Das Haus verlassen

Umgehend verlasse ich das Haus und betrete eine Strasse. Draussen weht ein kühler Frühlingswind, Vögel zwitschern und Blumen spriessen in den Gärten. Auf der Strasse ist nicht viel los. Eine ältere Dame geht mit einer leeren Einkaufstasche ihren Weg entlang, ein Mann auf dem Fahrrad fährt an mir vorbei und eine Katze miaut hungrig. Ich kenne die Katze nicht und setze mich in Bewegung. Meine Füsse wissen, wohin es geht und schon bald erreiche ich ein graues, grosses Gebäude. Es hat viele Fenster, einen Spielplatz und Kinderzeichnungen zieren die Fassade. Aber alles wirkt trostlos, einsam und traurig. Überall sitzen, stehen und liegen Jugendliche umher, rauchen, reden und tippen wild auf ihren Smartphones. Alle tragen dunkle Jacken, tonnenweise Make-up und enge Hosen mit Löchern. Ich war noch nie ein grosser Fan von diesen Trends. Ich habe wohl die Schule erreicht.

Gelangweilt setze ich mich auf eine abgelegene Bank vor dem Schulhaus. Es ist niemand in meiner Nähe. Darüber bin ich auch froh und beobachte die Leute.

„Na du kleine Dumpfbacke? Hätte nicht gedacht, dass du wieder kommst, nach der Abreibung letzte Woche", höhnt eine männliche Stimme hinter mir. Ich dreh mich um und sehe einen dünnen Kerl in roter Hose und weissem Hemd. Er steht breitbeinig da, mit roten Haaren,

Brille und Pickel auf der Stirn. Sein Anblick lässt mich zusammenzucken. Mein Herz pocht wild, schlägt gegen meine Brust. Angstschweiss rollt über meinen Rücken. Kein Zweifel, ich habe Angst vor ihm. Angst vor Schmerzen, Leid und noch mehr Angst. Ich habe Angst vor der Angst. Angst vor dem benebelnden Gefühl, das alles einnimmt und nichts Gutes durchlässt.

„Na? Hat es dir die Sprache verschlagen? Komm, sag was." Er beugt sich zu mir runter und sieht in meine blauen Augen. Ich schweige, so grosse Angst habe ich.

„Nicht? Na gut. Heute mache ich eine Ausnahme. Aber das nächste Mal rufe ich meine Kumpels, die dir das Sprechen schon noch beibringen. Bis später." Mit einem Zwinkern geht er davon und die Angst lässt nach. Ich bin froh, dass er weg ist.

Die Schulklingel läutet und alle bewegen sich in Richtung Eingang. Auch ich schliesse mich dem Strom aus Jugendlichen an und schlängle mich durch die Körper, eine Treppe hoch, in ein Schulzimmer mit 27 Tischen und 27 Stühlen. Ich knalle meinen Rucksack neben den hintersten Tisch am Fenster und lasse mich auf den harten Stuhl fallen. Dann suche ich meine Bücher hervor. Ich weiss sogar die Reihenfolge meines Stundenplans. Zuerst zwei Stunden Mathematik, dann noch drei Stunden Geschichte. Am Nachmittag Zeichnen und

Chemie. Ein gewöhnlicher Stundenplan für eine 15-Jährige.

Mein Ellbogen landet auf dem Tisch und mein Kinn in der Handfläche, den Blick nach draussen gerichtet. Draussen stehen mehrere grüne Bäume, Sträucher und auf der Wiese blühen die Tulpen. Im Moment sind es 47 Tulpen. Es werden aber noch weitere 17 Stück wachsen, bis sie insgesamt 64 sind. Ich weiss dies, da ich sie immer zähle. In jeder Stunde. Immer im Frühling.

Der Lehrer betritt den Raum, erzählt irgendwas, doch ich höre bereits nicht mehr zu. Es interessiert mich einfach nicht. Ich habe Angst vor Menschen, Angst vor allem. Vor Bleistift, Zirkel, Papier, Stuhl und sogar vor dem Boden. Es könnte immer etwas passieren. Der Boden könnte einbrechen, der Stift könnte sich in meinem Kopf bohren, genauso der Zirkel. Am Papier schneide ich mich und hole mir eine Blutvergiftung. Der Stuhl könnte mein Genick brechen und der Tisch könnte mich zerquetschen.

Als ich gerade noch weitere Unfallmöglichkeiten in meinem Kopf aufzählen möchte, erlöst mich die rettende Schulklingel. Es ist Pause und ich drängele mich schnell nach draussen. Nur an der frischen Luft fühle ich mich einigermassen sicher. Doch auch hier könnte ich auf viele Arten sterben.

Eine starke Hand packt mich an der Schulter und drückt mich gegen eine Wand. Die Hand gehört zu einem breiten

Kerl in Lederjacke und kurzen Haaren. Neben ihm steht ein zweites Muskelpaket, das seine Finger knacken lässt. Zwischen den beiden steht der Dünne von heute Morgen. Seine Lippen sind zu einem breiten Grinsen verzogen.

„Ich habe dir ja gesagt, dass ich dir die Sprache raus prügeln lassen werde", grinst er fies und gibt ein Zeichen. Die beiden Kerle lachen leise und nähern sich langsam. Sie knacken mit ihren Fäusten und bauen sich breitbeinig vor mir auf. Ich stehe auf dem gefüllten Pausenplatz, viele Blicke auf uns gerichtet. Was soll ich tun, was kann ich machen, damit diese Angst verschwindet? Wenn ich mich wehren würde, könnten sie mich noch härter bestrafen. Sie werden mich ohnehin verprügeln, vor allen Augen. Soll ich mich wehren, vielleicht mehr Schmerzen ertragen müssen, dafür aber nicht als Weichei dastehen?

Was würdest Du empfehlen?
Sich wehren! Weiter auf Seite 63
Prügel über sich ergehen lassen. Weiter auf Seite 67

Leise wegschleichen

Ich halte es für das Beste, mich langsam und leise nach hinten zu bewegen. Vorsichtig auf allen vieren, krieche ich rückwärts den hellen Gang nach hinten, während ich versuche, eine Fluchtmöglichkeit zu entdecken. Die Spinne klappert mit ihren langen Fangzähnen und Speichel tropft auf den hellen Fliesenboden. Allgemein erinnert mich dieser Gang an ein verzerrtes Badezimmer.

Hinter der Spinne entdecke ich ein grosses Becken. Es sieht tief aus und das Wasser ist dunkelblau. Es ist gross genug, um die Spinne zu ertränken, hoffe ich zumindest. In meinem verwirrten Kopf setzt sich ein Plan zusammen, der gut sein könnte, wenn er funktionieren würde. Dafür brauche ich jede Menge Glück.

Ich bin schon ein gutes Stück nach hinten gekrochen, als ich mit meinen Händen gegen etwas hartes stosse. Es rollt ein wenig nach hinten und erfüllt den Gang mit einem scheppernden Geräusch. Die Spinne faucht auf und rennt auf mich zu, die Fangzähne bereit. Ohne nachzudenken, hebe ich das schwere Etwas auf und schmeisse es dem Monster entgegen. Das Ding, das nebenbei ein Feuerlöscher ist, landet zwischen den Augen der Spinne. Die Spinne faucht auf und fällt benommen hin. So schnell ich kann, klettere ich über den behaarten Körper, wobei ich mich in den Haken verfange und meine

Hose mit einem Ruck zerreisst. Schnell stolpere ich weiter und laufe so schnell ich kann. Anscheinend bin ich rennen nicht gewohnt, denn schon nach wenigen Metern schmerzen meine Beine fürchterlich. Auch meine Lunge beginnt zu brennen und jeder Atemzug wird zu einem qualvollen Abenteuer. Das Blut pocht in meinen Schläfen, mein Herz schlägt wie wild und die Angst schnürt meinen brennenden Hals zu, gerade dann, als ich meine Luftröhre so dringend brauche. Ich versuche einzuatmen, ringe nach Luft, doch die Angst lässt nichts durch. Meine schmerzenden Beine knicken ein und mit einem Rums lande ich auf dem Boden. Mein Knie pocht und feiner Schmerz kündigt die Schürfwunde an. Der Schmerz lässt meine Angst kurz verschwinden und gibt meine Luftröhre frei. Nun liege ich am Boden, die Augen geschlossen und nach Luft schnappend. Mein Körper zittert und ich spüre jeden Muskel in meinem Körper.

Leise, aber schwere Schritte lassen mich aufhorchen. Es wird lauter und kommt näher. Langsam öffne ich die Augen und sehe in die dunklen Augen der Spinne. Ihr Maul steht offen und ihre Fangzähne glänzen mir entgegen. Weisslicher, klebriger Speichel läuft aus ihren Mundwinkeln und tropft auf einen meiner nackten, schmutzigen Füsse. Es ist warm. Wohlig warm.

Langsam wende ich meinen Kopf nach hinten. Bis zu dem grossen Wasserbecken ist es nicht mehr weit. 20

Meter vielleicht, ich bin schlecht im Schätzen. Aber wie soll ich vor der Spinne dort ankommen? Sie ist mit ihren acht Beinen um einiges schneller als ich. Ich könnte sie ablenken, verletzen, doch wie? Wieder sehe ich nach hinten. Der Gang wird schmaler, je näher wir zu dem Becken kommen. Ich passe problemlos durch, aber für die Spinne wird es knapp. Ich muss nur vor der Spinne in dem schmalen Gang sein, dann bin ich gerettet.

Langsam atme ich ein und aus. Die Spinne kommt näher und beugt sich über mich. Ätzender Geruch steigt in meine Nase und mir wird übel. Jedoch unterdrücke ich den Würgereiz und mache mich bereit für meinen ungewohnten Sprint. Mit einem Ruck schnellt der grosse Kopf der Spinne nach vorne, die Fangzähne auf mich gerichtet. Keine Sekunde zu spät rolle ich mich weg, stehe ächzend auf und renne, was das Zeug hält. Meine Füsse springen förmlich Meter für Meter weiter. Ich versuche, regelmässig zu atmen und das brennende Gefühl in meinen Lungenflügeln zu ignorieren.

Das Becken kommt immer näher. Das dunkle Blau des Wassers wird immer breiter und je näher ich komme, sehe ich, wie gross das Becken wirklich ist. Inzwischen habe ich den schmalen Bereich erreicht und höre, wie die Spinne eingeklemmt wird und fauchend versucht, sich zu befreien. Sie schüttelt den Kopf, drcht sich und läuft an der seitlichen Wand weiter.

Mist.

Das habe ich vergessen. Spinnen können an den Wänden gehen. In mir steigt die Angst hoch und versucht meine Luftröhre zu verschliessen. Ich unterdrücke das klemmende Gefühl der Hilflosigkeit und renne weiter. Schliesslich erreiche ich das Wasser und springe, ohne nachzudenken, hinein. Mit schnellen Beinschlägen schwimme ich in die Mitte und drehe mich um. Die Spinne ist mir gefolgt und versucht sich über Wasser zu halten. Immer näher kommt der wuchtige Körper mit den langen Beinen. Immer wieder droht ihr Körper unterzugehen und ihre Bewegungen werden immer langsamer. Wenn ich mich nicht fortbewege, könnte sie mich erwischen. Aber sehr wahrscheinlich wird sie einfach ertrinken. Schliesslich ist sie ja noch mehr als 15 Meter von mir entfernt.

Weiter schwimmen: das Resultat auf Seite 70
Abwarten und beobachten: weiter auf Seite 73

Rennen!

Ohne gross nachzudenken, renne ich los. Den Gang zurück, egal wohin, nur weg von dieser Spinne. Diese ist mir dicht auf den Fersen und in schnellen Abständen klacken ihre Füsse auf dem weissen Boden auf. Sie faucht und ist wütend. Das gibt mir den Ansporn, um noch schneller zu rennen. Schon bald schmerzen meine Füsse und ein leichtes Brennen geht von meinen Beinen aus. Ich ignoriere es gekonnt und flitze weiter. Das Brennen breitet sich aus und wird immer stärker. Bald schon hat es meine Lunge erreicht und jeder Atemzug schmerzt. Kurz schliesse ich meine Augen und renne blind weiter. Als ich sie wieder öffne, kommt eine Abbiegung und ich kann nicht mehr bremsen. Mit voller Wucht rase ich in die Wand und mache eine ungemütliche Bekanntschaft mit den weissen Fliesen.

Vor meinen Augen ist alles schwarz, weisse Sterne tanzen umher wie kleine fröhliche Vögel. Ich will nach den Sternen greifen, doch sie sind zu schnell für mich. Immer wieder fliehen sie vor meinen Händen und lachen amüsiert. Es ist kein böses Lachen, sondern eher ein fröhliches, glückliches Lachen. Ich lächle auch und in mir herrscht keine Angst. Dieses Gefühl von reiner Freude verspüre ich so selten, dass ich es schon beinahe vergessen hätte. Doch jetzt ist es wieder da, so stark wie noch nie. Keine Angst ist in mir. Kein böses Gefühl. Ich möchte dieses Gefühl für immer bei mir behalten.

Kurz öffne ich meine müden Augen, schliesse sie aber sofort wieder. Das Licht blendet mich stark, schwarze Punkte tanzen in meinem Sichtfeld. Kurz spüre ich, wie jemand mich zieht, dann falle ich wieder ins bodenlose Schwarze.

Mein Kopf schmerzt und mein Hals fühlt sich trocken an. In meinen Beinen kribbelt es, als würden Ameisen darüber laufen und mich kitzeln. Nur das ich nicht kitzlig bin. Das Blut pocht in meinen Schläfen und nur mit Mühe kann ich die Augen öffnen, die Angst, welche bereits wieder droht von mir Besitz zu ergreifen, mit der Neugierde unterdrücken. Als ich meine Augen geöffnet habe, meine ich, dass mir mein Hirn einen Streich spielt. Denn alles steht auf dem Kopf. Aber als ich mein Gesicht drehe, bleibt alles verkehrt herum. So entscheide ich mich dazu, nach oben zu sehen und erstarre. Meine Beine sind mit weissen Fäden eingewickelt und der Rest des Körpers hängt kopfüber aus einem gigantischen Spinnennetz. Ich schlucke schwer und sehe mich voller Angst um. Neben mir hängen noch weitere weisse Kokons. Ich will gar nicht wissen, wer oder was sich darin befindet.

Mit voller Wucht beginne ich zu strampeln, treten und mich zu wenden. Ich habe Angst vor der Spinne und möchte ihr nicht mehr begegnen. Die weissen Fäden weiten sich langsam aus und ich kann meine Beine immer besser spüren. Die Blutzirkulation kommt in Gang und das Kribbeln nimmt zu, wird immer stärker. Meine Beine wachen, je fester ich trete, langsam auf. Plötzlich reissen mit einem Ruck die Fäden und ich falle hinunter. Erst jetzt bemerke ich, wie hoch ich war. Denn der Fall fühlt sich unendlich lange an. Ich falle und falle nach unten, schwebe kurz in der Luft, nur um noch weiter zu fallen. Der Boden kommt immer näher und reisst sich ins Bodenlose auf. Ich falle hinein und schliesse die Augen. Die Angst verfliegt mit dem Fall und so schwebe ich glücklich hinab. Ich lächle vor mich hin und habe Spass. Das erste Mal seit Langem verspüre ich Freude, Spass und Heiterkeit. Vielleicht weil das Ende naht. Obwohl ich furchtbare Angst vor dem Tod habe, verspüre ich nichts. Ich freue mich auf den Tod, auf die Erlösung. Endlich haben meine Ängste ein Ende und ich kann glücklich sterben.

Immer weiter falle ich, verliere langsam mein Bewusstsein und die fünf Sinne. Ich kann nichts mehr sehen, hören, riechen, schmecken und fühlen. Nur in meinem Körper herrscht reine Freude, die langsam verblasst und in eine tote Leere übergeht.

Doch plötzlich spüre ich wieder etwas. Es ist warm, gemütlich, heimelig. Durch meine Augenlider scheint helles, unbekanntes und möglicherweise gefährliches

Licht. Soll ich meine Augen öffnen, der Wahrheit entgegensehen, oder doch lieber in der schützenden Dunkelheit bleiben? Ich habe keine Angst vor der Wahrheit, egal wie grauenvoll es werden könnte. Aber doch bin ich skeptisch gegenüber dem Neuen. Ich habe noch nie ein solches Licht gespürt, so warm, fröhlich und ungewiss. Was soll ich machen?

In der Dunkelheit warten: weiter auf Seite 76
Dem Licht entgegenblicken: weiter auf Seite 88

Erstarren

Ich erstarre und bewege keinen Muskel. Vorsichtig atme ich langsam ein und aus. Versuche, kein Geräusch zu machen. Langsam setze ich einen Fuss nach hinten und stosse gegen einen kleinen Stein, der mit lautem Gepolter davonrollt. Ich halte die Luft an und warte. Das Monster reckt seinen mächtigen Kopf in meine Richtung und setzt seine vier Beine auf den steinigen Untergrund. Kleine Steine rollen aus dem Weg und knirschen leise vor sich hin. Langsam kommt es näher zu mir. Die drei giftgrünen Augen suchen genau die Umgebung ab und ich kann nur hoffen, dass es mich nicht findet. Ich habe schreckliche Angst, was passieren wird, falls es mich erwischt.

Wird es mich fressen? Wahrscheinlich schon.

Wird es mein Leben verschonen? Eher nicht.

Immer näher kommt das Vieh. Immer stärker wird der beissende, metallische Geruch von Blut, verbrannten Haaren und Schweiss. Wieder steigt in mir die Übelkeit hoch und nur mit grösster Mühe kann ich das würgende Geräusch unterdrücken. Sein stachelbesetzer Schwanz schwingt unruhig hin und her, schlägt gegen die Felswände und löst ein dumpfes Grollen von fallenden Steinen aus. Schliesslich bleibt es vor mir stehen und beugt seinen grossen Hundekopf zu mir hinunter. Das Licht des leuchtenden Horns füllt fast den gesamten Gang aus. Mein Schatten wird im Gang lang gezogen, wie ein dunkles Untier. Mächtig, bedrohlich, einschüchternd.

Seine Schnauze ist nur noch wenige Meter von mir entfernt. Der beissende Geruch betäubt meine Sinne und alles schwankt vor meinen Augen.

Schnief.

Das Monster zieht seine Nase hoch und schnuppert in meiner Umgebung. Dann steuert es seine Nase noch näher zu mir und schnieft noch einmal.

Schnief.

Seine grünen Augen scheinen meine Augen zu durchbohren und langsam kommt es noch ein Stückchen näher, bis ich meine Spiegelung in seiner dunklen Iris erkennen kann. Es öffnet sein Maul, fährt mit seiner roten Zunge über die Schnauze und zeigt seine riesigen Zähne. Erst jetzt sehe ich, wie gross die Zähne wirklich sind. Sein Eckzahn würde mir bis zu den Hüften reichen und ich bin für mein Alter nicht klein.

Angstschweiss rollt mir über den Rücken. Meine Muskeln zittern, die Augen sind angsterfüllt aufgerissen. Ich atme hektisch in kleinen Atemzügen ein und aus und versuche den Gestank nicht einzuatmen. Ich habe furchtbare Angst. Angst vor dem Monster, Angst vor der Zukunft, Angst vor dem Sterben. Es reisst sein Maul immer weiter auf, bis es mit tiefer, kratziger Stimme freudig ruft: „Aiden! Was machst du denn hier? Dich habe ich schon lange nicht mehr gesehen."

Ich blinzle. Das Monster kennt mich? Woher? Will es mich doch nicht fressen?

„An deinem Blick erkenne ich, dass du dich nicht mehr an mich erinnerst. Verständlich, schliesslich ist es schon eine ganze Weile her." Das Monster setzt sich hin, fährt sich über den riesigen Bauch und sieht verträumt zur Decke.

„D-du, w-willst mich n-nicht f-fressen?", flüstere ich angestrengt und mit trockenem Hals. Das Sprechen fällt mir schwer.

„Ich dich fressen? Nein, warum sollte ich auch", meint es lachend. „Schliesslich existiere ich dank dir."

Ich tippe mir an die Brust. Es existiert dank mir?

„Ja, dank dir. Durch deine Angst vor dem Monster unter dem Bett entstand ich. Ich entspringe deinen Vorstellungen", fährt es mit lauter, tiefer und grimmiger Stimme fort.

Meinen Vorstellungen.

Das Monster entstand durch meine Angst. Ist das Monster echt? Bin ich echt? Wo zum Teufel bin ich. Ängstlich und immer noch flüsternd frage ich vorsichtig: „T-träume ich?"

„Das weiss ich nicht. Finde es selber heraus.", lächelt das Monster freundlich und rülpst ausgiebig. Sein starker, beissender und übelkeitserregender Mundgeruch dringt in meine Nase, durch meinen Mund in meine Lungenflügel. Da ich bis jetzt kaum geatmet habe und sich der fehlende Sauerstoff bemerkbar macht, atme ich den ekelerregenden Geruch tief ein. Mir wird Schwarz vor Augen und ich falle in tiefe Dunkelheit. Während ich schwebe, habe ich viel Zeit, um nachzudenken.

War das alles real oder doch ein nur ein Traum? Wenn es ein Traum war, warum hat sich alles so real angefühlt? Wo bin ich? Wer bin ich?

Meine Lider beginnen zu zucken und wollen sich öffnen, denn ein angenehmes Licht scheint in der Ferne. Es lockt mich an, ich will es durch meine geschlossenen Augenlider greifen, doch etwas hält mich davon ab. Ich weiss nicht, was sich dahinter verbirgt. Was, wenn das Licht böse ist und eine grauenvolle Wahrheit auf mich wartet? Soll ich lieber im Dunkeln bleiben? Was soll siegen, Neugierde, gefolgt von purer Angst oder Sicherheit ohne jegliche Ängste?

In der Dunkelheit bleiben: Seite 96
Dem Licht entgegenblicken: Seite 88

Rennen!

Bevor ich irgendwas denken kann, rennen meine Beine los. Meine Füsse stolpern über Steine, rutschten auf dem Kies und feine Splitter reissen meine Fusssohlen auf. Brennender Schmerz vermischt sich mit den zerrenden Muskeln. Immer schneller renne ich durch die Höhle, biege an Verzweigungen ab und verliere die Orientierung. Ich sehe nicht nach hinten, ob mir das Monster folgt. Jedoch höre ich seine schweren Schritte, die lösenden Steine und das tiefe Knurren aus seiner Schnauze. Ich renne weiter, biege in eine schmale Gasse ab und kann kaum noch die Hand vor den Augen sehen. Ich spüre jedoch, dass der Weg nach unten geht. Es ist rutschig, nasses Moos wächst an den Seiten.

Plötzlich stolpere ich nach vorne, schreie auf, verliere den Halt und purzle den Weg hinunter. Immer wieder bohren sich spitze Steine in mein Fleisch, ich schlage mir mehrmals meinen Kopf an und spüre, wie sich mein Magen dreht. Nach gefühlten Stunden des Fallens wird der Weg ein wenig eben und ich rolle noch ein paar Meter weiter, ehe ich stöhnend anhalte. Mein kompletter Körper schmerzt. Ich spüre, wie sich tausend blaue Flecken bilden. Meine linke Fusssohle brennt und das rechte Handgelenk pocht in regelmässigen Abständen. Ich bin komplett mit Schürfwunden übersäht, die Kleider sind zerrissen und mein Schädel brummt. Die Welt dreht sich immer noch und so entscheidet sich mein Magen, das letzte bisschen Inhalt freizugeben. Röchelnd lehne ich mich zur Seite und übergebe mich. Brennende Galle bleibt zurück und ich versuche, so viel wie möglich noch auszuspucken.

Als die Welt um mich aufgehört hat sich zu drehen, richte ich mich schmerzerfüllt auf und betaste mein Handgelenk. Eine Welle aus Schmerz überrollt mich, dringt in jeden Winkel meines Körpers und lässt mich aufheulen. Vorsichtig taste ich mich weiter, jeden blauen Flecken begutachtend. Meine Finger fahren langsam über die dreckige, aufgerissene Sohle und berühren einen langen, spitzen Stein. Schon bei der kleinsten Berührung heule ich erneut auf und halte wimmernd meinen Fuss. Der Stein steckt tief in der Wunde und Blut vermischt sich mit Dreck. Wenn ich den Stein nicht entferne, komme ich nicht weiter. Vorsichtig packe ich den Stein und ziehe ihn mit einem Ruck raus. Ich schreie auf, halte meinen blutenden Fuss und einige Tränen rollen über mein schmutziges Gesicht. Zum ersten Mal seit langem weine ich. Salzige Tränen fliessen in meinen Mund und kühlen meinen trockenen Hals. Mein Körper wird regelmässig von Schluchzern geschüttelt. Ich weine vor Schmerzen, Angst und Hoffnungslosigkeit. Ich habe keine Ahnung, wie es weiter gehen soll. Ich fürchte mich vor der Zukunft, Schmerzen und vor dem Monster.

Ich reisse ein Stück meines Oberteils weg und wickle es vorsichtig um meinen verletzten Fuss. Mein Handgelenk pocht immer noch und so vermute ich eine Verstauchung oder Schlimmeres. Langsam humple ich ein Stück des Ganges entlang, mich mit der linken Han an der Wand stützend. Vorsichtig platziere ich meine Zehen auf dem rutschigen Untergrund und zucke immer wider schmerzerfüllt zusammen, beisse mir aber auf die Zähne und humple weiter.

Nach einem langen schmerzerfüllten Weg mag ich nicht weiter und lasse mich an der nassen und bewachsenen Wand hinunter. Immer noch weine ich, schluchze erbärmlich und versuche meinen Fuss nicht zu belasten. Mein Magen beginnt laut zu knurren, der Hals brennt vor Trockenheit und der Schädel brummt immer noch. Immer wieder verdunkelt sich mein Sichtfeld. Ich bin müde, hungrig, erschöpft und zu sehr verletzt, um jetzt noch klar denken zu können. Ich will schlafen, mich ausruhen und einfach die Ängste in mir vergessen.

Langsam fallen mir meine Augen zu, mein Körper wird schwer und alles verschwimmt in Dunkelheit. In der Ferne höre ich ein paar Steine rollen, doch der Gang ist zu schmal für das Monster. Ich versinke in vollkommener Dunkelheit und schwebe durch das Nichts. Meine Augen sind zu, doch in der Ferne vernehme ich ein helles Licht durch meine Lider schimmern. Es lockt mich an, ich will meine Augen öffnen, doch ich zögere. Ich weiss nicht, was sich hinter dem Licht verbirgt, es könnte böse sein. Soll ich meine Neugierde zulassen, obwohl ich furchtbare Angst habe? Soll ich hierbleiben, wo nur ein kleiner Bruchteil meiner Ängste hier ist? Wem soll ich vertrauen? Der Dunkelheit, oder dem Licht? Vielleicht ist das mein Ende oder ein Neuanfang. Ich weiss nicht, was ich tun soll!

Im Dunkeln bleiben: Seite 104
Dem Licht entgegenblicken: Seite 88

Sich wehren

Die Jungs stehen um mich herum, grinsen fies und umkreisen mich stetig. Ich stehe unruhig da und warte ab. Sie müssen mich zuerst angreifen, sie müssen den ersten Schritt wagen. Mein Herz klopft mir bis zum Hals. Das Blut pocht in meinen Fingern und die Angst vor den Schmerzen setzt ein. Ich fürchte mich vor ihnen, ich habe Angst vor den Blicken der anderen. Sie wollen mir leidtun, mich ausnutzen, verletzen und demütigen. Sie wissen, dass ich Angst habe und nutzen dies vollkommen aus. Sie kennen meine Schwächen aber ich die ihrigen nicht. Ich will ihnen dasselbe Leid antun, was sie mir angetan haben. Jetzt in dem Moment fällt mir nichts Konkretes ein, aber ich kann mich an das Gefühl der Demütigung erinnern und dass sie Schuld sind. Aber nicht nur der Kerl in der Latzhose trägt Schuld, sondern alle anwesenden. Sie alle sehen zu, unternehmen nichts, weil sie sich selber fürchten. Alle haben vor den Schmerzen Angst, bewusst oder unbewusst.

In mir kocht ein Gefühl auf, das ich nicht kenne. Es ist lodernd, benebelnd wie Angst, doch ich spüre es freiwillig. Es übernimmt mich, lässt das Blut aufkochen und doch beruhigt es mich. Mein Herz klopft wieder langsamer, mein Atem geht regelmässig und ich bin vollkommen ruhig. Keine Angst ist zu spüren, nur das lodernde Feuer in meiner Brust.

Eine Faust fliegt auf mich zu und trifft mich voller Wucht ins Gesicht. Ich falle nach hinten, schreie kurz auf und rapple mich wieder auf, die Faust zum Schlagen bereit. Doch kurz bevor ich meine Faust auf seiner Nase platzieren kann, stocke ich und er weicht geschickt aus, sichtlich überrascht von meiner Aktion. Ich kann ihn nicht schlagen. Ich will ihn nicht schlagen. Das lodernde Feuer ist so schnell verschwunden, wie es auch kam und die pure Angst hat alles übernommen. Eine Spinne kriecht an mir vorbei, Schmerzen überrollen mich, der Platz um mich herum wird immer enger. Auf einmal habe ich das Gefühl zu ertrinken, ringe nach Luft, sehe mein Blut und ein furchterregendes Monster auf mich zu rennen. Ein Stift droht mich zu erstechen, das Gebäude stürzt ein und kalte Hände erwürgen mich.

Angst.

Jede Angst, die ich schon einmal verspürt hatte, ist da, übernimmt meinen Körper, meine Seele und Sinne. Ich höre verzerrte Stimmen, Schreie, Schläge, Motoren, Rascheln und eine weiche Stimme. Diese Stimme flüstert mir etwas zu, ich will es hören, konzentriere mich auf die Stimme, doch die pure Panik lässt nichts zu. Ich kann die Stimme nicht verstehen, egal wie fest ich mich konzentriere, es geht nicht. Die Angst hat mich voll unter

Kontrolle. Ich weiss nicht, wo oben und unten ist, ob ich stehe, sitze, schwimme, schwebe oder liege. Farben ziehen an meinem Sichtfeld vorbei, Muster, Konturen, aber nichts Bestimmtes. Sind das die Farben der Angst? So bunt und doch so leer?

Ich weine. Tränen voller Angst rollen mir über die Wange. Ich fürchte mich vor der Zukunft. Ich will, dass es aufhört, verschwindet. Ich will Frieden in mir. Ich will diesen Sturm aus Angst, Verzweiflung und Einsamkeit beruhigen und auf weichen Wellen des Friedens schwimmen. Ich will doch einfach nur glücklich sein, Freude verspüren und Lachen können.

Plötzlich wird alles still. Die tanzenden Farben verschwinden, die Geräusche verstummen und in mir kehrt eine tiefe Ruhe ein. Ich schwebe in Dunkelheit. Nur reine Dunkelheit umgibt mich, schützend vor dem Ungewissen. Ich will für immer hierbleiben und schweben. Fern von jeglichen Gefühlen, Ängsten und Problemen. Doch da draussen hat es etwas. Es leuchtet hell und klar, doch auch gefährlich und verlockend. Ich fürchte mich nicht vor dem Licht, weiss aber nicht was mich dann erwartet. Soll ich meine Augen öffnen und ins Ungewisse blicken? Oder hier in der sicheren Dunkelheit bleiben? Ich weiss nicht, was ich machen soll. Dem Licht vertrauen, oder mich in der Sicherheit wiegen?

Weiter in der Dunkelheit schweben: Seite 82
Dem Licht entgegenblicken: Seite 88

Prügel über sich ergehen lassen

Die Jungs stehen um mich herum, grinsen fies und umkreisen mich stetig. Ich stehe unruhig da und warte ab. Ich fürchte mich vor den Schlägen, den Schmerzen und der Demütigung. Ich will das nicht über mich ergehen lassen, aber ich kann mich nicht wehren. Wenn ich mich wehren würde, käme alles viel schlimmer. Schmerzhafter, fester, demütigender, einfach schlimmer. Also stehe ich da und warte auf die Schmerzen, auf die Schläge. Ich spüre, wie die Angst zunimmt und mich immer mehr unter Kontrolle hat. Sie kriecht in mir hoch, pulsiert in meinen Venen und rauscht in den Ohren. Immer schneller geht mein Atem, das Herz pumpt fester und mir wird schwindelig.

Die erste Faust trifft meinen Rumpf. Eine Welle aus Schmerzen überrollt mich und kriecht in jeden Winkel meines Körpers. Es pocht, zieht qualvoll. Doch ehe ich mich von den Schmerzen erholen kann, fliegt schon die nächste Faust auf mich zu und landet auf meiner Nase. Ich kippe nach hinten. Lande auf dem harten Boden und spüre etwas Warmes aus meiner Nase laufen. Vorsichtig berühre ich die Flüssigkeit und sehe mir meinen Finger an.

Er ist rot verfärbt.

Blut.

Mein Blut.

Ich zeige Schwäche. Die Angst schiesst in mir hoch und lässt mich Panik schieben. Mein Herz rast, dunkle Flecken tanzen vor meinen Augen und die Welt dreht sich.

Gerade als sich meine Panikattacke ein bisschen gelegt hat, spüre ich den harten Schuh in meiner Seite. Die Spitze bohrt sich geradezu in mein Fleisch und lässt eine neue Welle aus Angst und Schmerzen entstehen. Immer wieder spüre ich die harten Tritte in meinem Körper und alles wird nach und nach dunkler. Der Schmerz lässt nach und ich falle in tiefe Dunkelheit.

Ich schwebe im Nichts. Kein Raum, kein Geräusch, keine Schmerzen und keine Angst. Es ist, als wäre ich an einem ruhigen Ort, irgendwo in meinem Kopf. Nur schützende Dunkelheit umgibt mich. Ich weiss, hier bin ich sicher, hier kann mir nichts passieren. Doch, was ist das in weiter Ferne? Ich kann ein schwaches Licht erkennen, dass immer stärker wird. Es zieht mich in seinen Bann, lässt in mir Hoffnung aufsteigen, doch ich weiss nicht, was das für ein Licht ist. Es kann gefährlich sein, mir etwas vorspielen, oder gar mich töten! Dennoch bin ich neugierig. Doch ist meine Neugierde stärker als die Sicherheit? Wem soll ich vertrauen, dem unwissenden Licht, oder der schützenden Dunkelheit?

Weiter in der Dunkelheit schweben: Seite 82
Dem Licht entgegen blicken: Seite 88

Weiter schwimmen

Nicht zurücksehen, auf keinen Fall zurücksehen, nur schwimmen. Ich bewege meine Arme und Beine weiter und halte mich über Wasser. Ob die Spinne mir folgt, weiss ich nicht. Ich blende alles aus und konzentriere mich nur auf das Schwimmen. Die Geräusche, die Kälte, die Schmerzen und die Angst. Alles blende ich aus und konzentriere mich nur auf das Schwimmen. Gleichmässig schwimme ich durch das Wasser, unter mir nichts als tiefschwarzes Wasser und eine riesige Spinne hinter mir. Nein, nicht daran denken. Einfach ausblenden. Es ignorieren.

Hinter mir wird das Geräusch von sich bewegendem Wasser lauter. Wellen schwappen gegen meinen dünnen Körper und werfen mich aus meinem Rhythmus. Ich paddle und schlage mit meinen Armen um mich. Ich spüre, wie mein Körper langsam tiefer ins Wasser sinkt.

Ich weiss nicht mehr, wo ich bin. Die Sicht ist verdunkelt und nur schwach kann ich noch einige Konturen erkennen. Mein Herz rast in meinem Körper und drückt gegen meine Brust. Die Kontrolle über meinen eigenen Körper verschwindet nach und nach. In mir zerreisst alles zu einer grossen, uneinnehmbaren Leere. Alles dreht sich um mich herum und mein Körper beginnt, unkontrollierbar zu zucken. In mir kommt das

Gefühl auf, dass mich etwas kontrolliert, über mich herrscht. Ich versuche zu denken, doch ich weiss nichts mehr. Ich kriege keine Luft mehr und alles, was mir einst etwas bedeutete, ist verschwunden. In bin in mir selber verloren gegangen.

Nun sehe ich wieder klarer. Über mir, unter mir, neben mir, überall ist Wasser. Die starke Masse drückt gegen meine Brust und ich öffne meinen Mund. Luft entweicht aus meiner beinahe leeren Lunge. Meine Lungenflügel beginnen zu brennen, pochen und rufen nach Luft, doch ich kriege keine. Ich bin unfähig mich irgendwie zu bewegen. Meine Augen fallen zu, doch ich zwinge mich aufzusehen. Einige Meter entfernt sinkt der grosse Körper der Spinne nach unten, leblos. Ich werde wohl genauso enden wie die Spinne. Jämmerlich ertrinken, sterben, befreit sein. Wenn ich jetzt darüber nachdenke, ist der Tod gar nicht so schlimm. Er befreit mich vor meinem Kummer und Sorgen.

Ich schliesse wieder die Augen und falle in eine tiefe Dunkelheit. Ich schwimme im Nichts und fühle mich leer. Ist das der Tod? Mein Ende? Wo bin ich? Ist das die Hölle oder gar der Himmel?

Die Leere verschwindet und macht Platz für Freude. Ich freue mich auf mein Ende, auf die Erlösung. Keine Ängste mehr, kein Zweifeln und keine Leere. Nur noch Freude und Glücklichsein. In der Ferne sehe ich ein schwaches

Licht. Es greift nach mir, kommt näher und zwingt mich hinzusehen, doch will ich das? Was verbirgt sich hinter dem Licht? Ist das der Weg zum Himmel? Oder will mich das Licht täuschen und ich komme in die Hölle? Was soll ich machen? Dem Licht ins Ungewisse folgen oder hierbleiben, in der sicheren Dunkelheit? Wem soll ich vertrauen? Was soll ich machen? Vor was fürchte ich mich mehr, Ungewissheit oder Wahrheit?

Der Dunkelheit vertrauen: Seite 112
Dem Licht entgegen blicken: Seite 88

Abwarten und Beobachten

Mit meinen Beinen paddle ich im Wasser, um nicht unterzugehen, während ich die Spinne beobachte. Ihre Bewegungen werden immer langsamer und schwerer. Sie scheint ihrer Kräfte am Ende zu sein. Mir kann es nur Recht sein, denn so werde ich überleben. Ein Grinsen legt sich über mein Gesicht, wie ich es noch nie gemacht hatte. Es ist voller Schadenfreude und Glück. Ich freue mich, dass die Spinne ertrinken wird und ich überleben werde. Es ist voller Glück, Freude und Sicherheit. Ich weiss, dass ich hier sicher bin und dass die Spinne mich nicht erwischen kann.

Ihr Körper kommt mir immer näher und ihre langen, behaarten Beine paddeln weiter. Ihr wuchtiger Körper verursacht kleine Wellen, die meinen Körper ins Rütteln bringen. Sie ist nur noch wenige Meter von mir entfernt, als ich die Gefahr realisiere. Wenn ich mich nicht bewege, wird sie mich kriegen, keine Frage. So schnell ich kann, drehe ich mich um und beginne zu paddeln und mit den Armen zu rudern. Ich konnte noch nie gut schwimmen. Nun wünschte ich, es besser zu können. Dennoch bewegt sich mein Körper durch das Wasser in Richtung Ufer, während in mir die nackte Panik gegen meine Brust drückt und die Angst meine Kehle zuschnürt. Immer schneller schwimme ich, doch die Spinne kommt immer näher.

Plötzlich spüre ich feine Haare und dann ein langes Bein, dass mein Fuss umfasst und mich dann in die Tiefe zieht. Vor Schreck schreie ich auf, ehe Wasser in mein Mund kommt. Die Spinne geht unter, dicht gefolgt von mir. Sie zieht mich immer weiter. Ich trete um mich. Versuche, die Spinne abzuschütteln, doch ich bin zu schwach und ausgelaugt. Ich fürchte mich vor der Spinne, dem Tod und vor dem Wasser. Ich will nicht ertrinken, nicht hier und nicht so. Immer mehr Luft entweicht meinen Lungen und steigt an die weit entfernte Oberfläche. Ich kann nur zusehen, wie es immer dunkler wird und starke Wassermassen gegen mich drücken. Irgendwann lässt die Spinne los und sinkt weiter nach unten, doch ich bin zu schwach, um irgendwas zu unternehmen. Mein Sichtfeld wird immer enger, bis es irgendwann ganz dunkel wird.

Ich schwebe in vollkommener Dunkelheit. Ich habe keine Ahnung, wo ich bin, wie es weitergehen sollte, oder was passiert. Ich fühle mich eigenartig. In mir herrscht eine gewisse Furcht vor dem Neuen, aber auch Glück. Ich fühle mich glücklich, ausgeruht, beruhigt. Ich weiss nicht, woher diese Stille in mir kommt. Sonst bin ich immer aufgewühlt, voller Angst und Panik. Doch jetzt fühle ich mich gut. Ich möchte am liebsten für immer hierbleiben, weiter schweben und die Stille geniessen. Doch in weiter Ferne sehe ich ein schwaches Licht. Es kommt näher und wird stärker. Es nimmt mich in seinen Bann und am liebsten möchte ich es nehmen, doch etwas hält mich zurück. Ich weiss nicht, was sich hinter diesem Licht verbirgt. Ist es böse oder lieb? Will es mich in die Irreführen, oder zeigt es mir einen Weg ins Bessere? Ich weiss nicht, wem ich vertrauen soll. Dem unklaren, ungenauen Licht, oder der sicheren, beschützenden Dunkelheit. Ich will hier bleiben, doch das Licht hat etwas Magisches an sich. Nein, ich darf dem Licht nicht vertrauen. Oder etwa doch?

Der Dunkelheit vertrauen: Seite 112
Dem Licht entgegen blicken: Seite 88

Kapitel 3: Wahrheit

In der Dunkelheit warten

Ich beschliesse, der Dunkelheit zu vertrauen und lasse meine Augen geschlossen. Das Licht verblasst langsam und verschwindet im Dunkeln. Ich halte meine Augenlider fest zugedrückt, denn ich fürchte mich vor dem Licht. Was, wenn es zurückkommt, um mich zu holen und in das Verderben zu stürzen? Vielleicht trickst mich das Licht aus und tut nur so, als wäre es verschwunden. Möglich wäre alles. Dem Licht würde ich es zutrauen.

Nach einer Ewigkeit beschliesse ich, nun da das Licht nicht wieder zurückzukommen scheint, meine Augen doch zu öffnen und mich umzusehen. Nichts als Dunkelheit umgibt mich. Unter mir, über mir, neben mir, hinter mir, nichts als Schwärze. Es sieht aus, als würde die Dunkelheit sich bewegen, kleine Wölkchen formen sich, nur um dann vor einer allmächtigen Macht wieder zerstört zu werden.

Unter mir wirbelt sich die Dunkelheit auf, wird noch dunkler, bis es sich schliesslich ins helle Licht aufreisst. Ich falle nach unten und möchte schreien, doch kein Laut entkommt meiner Kehle. Ich falle weiter durch die Dunkelheit, bis ich in dem grellen Licht schwebe. Hat mich das Licht etwa doch noch ausgetrickst? Oder haben mich die Schatten verraten? Wenn die Dunkelheit eine Person wäre, würde ich sie am liebsten schlagen.

Ich falle so lange, bis mich nur noch Licht umgibt. Unter mir kann ich einen Kachelboden erkennen. Er ist weiss und regelmässig, doch durch eine Platte zieht sich ein schmaler Riss. Ich fühle nichts, ausser die Angst vor dem, was gerade passiert, denn ich habe keine Ahnung. Bin ich nicht vorhin durch den Kachelboden in die bodenlose Dunkelheit gefallen? Träume ich das? Oder ist das doch die Realität? Was wird geschehen, wie lange wird mein Fall noch dauern? Sekunden, Minuten, Tage, Wochen oder gar Monate?

Für einen sehr kurzen Moment spüre ich den Wind des Fallens. Er ist kalt, erbarmungslos und zugleich beruhigend. Er zeigt mir, dass ich noch lebe und fühlen kann. Der Kachelboden kommt immer näher, bis ich aufschlage. Wie in Zeitlupe küssen sich mein Kopf und der Boden. Der Boden zerspringt, mein Schädel bricht. Kurz, nur ganz kurz fühle ich den Schmerz. Er ist süss, stark und uneinnehmbar. Doch der Schmerz weicht und wird von Taubheit übernommen. Nur noch kurz spüre ich das warme Blut, das aus meinem Schädel fliesst und den Kachelboden rot färbt. Kurz spüre ich noch die feinen Splitter, die sich in meinen zerstörten Schädel bohren, doch alles verschwindet. Als hätte jemand den Strom gezogen und das System schaltet sich langsam aus. Vielleicht passiert das gerade jetzt. Mein System schaltet sich aus und ich sterbe, werde frei sein.

Meine Sicht verdunkelt sich und alles wird leicht. Federleicht. Ich schwebe in Dunkelheit, doch nun weiss ich, dass sie mir nichts tun wird. Über mir reisst sich die Decke auf und gleissendes Licht zieht mich in seinen Bann. Eine Frau mit dunkelblonden Haaren und blauen Augen streckt ihre Hand nach mir aus.

Meine Mutter.

Ich kann mich wieder erinnern, an alles. An meine Kindheit, meine Eltern, Freunde, Verwandte. An mein Haus, mein Zimmer mit den bunten Familienfotos. An meine Schule, die Lehrer und auch an meine kleine Katze Minka. Ich erinnere mich an den Unfall. Es war dunkel, meine Eltern und ich sassen in unserem Auto, als der Laster auf uns zuraste. Auch erinnere ich mich an meine Leere nach dem Unfall. An den Verlust meiner Mutter und auch daran, dass mein Vater sich eine Neue holte und verschwand. Ich erinnere mich an meine Mitschüler, die mich hänselten. Auch erinnere ich mich an die Ängste. Sie tauchten auf, zu Hunderten. Vor allem und jedem fürchtete ich mich. In meinen Erinnerungen sehe ich die Ärzte, die mir versuchen zu helfen, doch nichts nützt. Alles wurde schlimmer. Ich hatte immer mehr Angstzustände, Panikattacken und Halluzinationen. Und dann erinnere ich mich auch noch an den Arzt Ethan. Er gab mir eine Spritze, damit ich besser einschlafen kann, doch ich erwachte nicht mehr. Im Unterbewusstsein bekam ich mit, wie man mir sagte, dass ich in ein Koma gefallen war. Mein Hirn hatte sich überanstrengt mit den Ängsten und konnte nicht mehr aufwachen. Im Koma erlebte ich alle meine Ängste wieder, nur viel schlimmer.

Ich lächle. Endlich kenne ich mein Leben. Endlich weiss ich meine Geschichte, die hier enden wird. Ich umgreife die Hand meiner Mutter und alles wird weiss.

Männer in dunklen Anzügen tragen den Sarg mit dem Leichnam weg. Ihre behandschuhten Hände umfassen die Griffe fest und gehen eilig durch den hellen Gang. Die Männer haben kein Problem den Leichnam zu transportieren. Denn ihr Körper ist federleicht. Schliesslich wurde sie die letzten vier Wochen durch einen Schlauch ernährt.

Hinterher geht ein junger Mann mit blonden Haaren. Er trägt schwarz, wie jeder hier. Seine Haltung ist gebeugt, der Blick stur nach unten gerichtet. Er bräuchte dringend wieder eine Rasur, doch hatte er keine Zeit. Schliesslich erhielt er mitten in der Nacht einen Anruf der psychiatrischen Klinik, dass seine 15-jährige Tochter nach einem Monat im Koma verstorben sei. Daraufhin hatte er seine neue Frau verlassen und ist in sein Auto gestiegen, um knapp 5 Stunden zu fahren. Völlig übermüdet hatte er die Klinik erreicht und konnte sich noch von seiner Tochter verabschieden, ehe sie in den Sarg gelegt wurde. Er erinnerte sich noch gut an sie, bevor der Unfall passierte. Da sah sie so fröhlich aus, so glücklich und unbeschwert. Doch nach dem Unfall war nichts mehr davon zu sehen. Aiden hatte nur eine dunkle Leere ausgestrahlt. Sie verfiel in tiefe Depressionen und Angstzuständen, gefolgt von Panikattacken. Er war nicht mehr damit klargekommen und hatte seine einzige Tochter verlassen, sie alleine gelassen. Er hatte es nie bereut. In seinen Augen war und wird sie immer ein Sozialfall sein. Ein kranker Mensch, dem nicht mehr geholfen werden kann. Er könnte sich ein paar Tränen erzwingen, doch er besitzt genug Stolz, um es nicht zu tun. Und nun liegt seine Tochter in einem Sarg. Die Todesursache war klar, Herzversagen. Wie es dazu kommen konnte, wird noch geprüft, aber die Ärzte sagen, es käme vom Hirn. Das Hirn habe irgendwas ausgelöst und davon sei das Herz stehen geblieben. Nachher hatte er nicht mehr zugehört. Es war ihm egal.

Die Eingangstür geht auf und die Männer laden den Sarg in einen Bestattungswagen. Die Kosten für die Bestattung tragen die Klinik und die Krankenkasse. Einen Teil bezahlt noch die Sozialhilfe. Der Vater könnte das alles gar nicht finanzieren.

Der Bestattungswagen fährt los und biegt nach rechts ab. Der Vater steigt in sein Auto und schnallt sich an. Kurz lässt er noch einmal den bisherigen Tag durch seinen Kopf gehen.

Er hat sich von seiner Tochter verabschiedet. Für ihn ist die ganze Sache abgeschlossen und schon beinahe vergessen. Ihm ist alles egal. Ihm ist auch egal, dass niemand bei Aidens Beerdigung sein wird und dass niemand ihr jemals eine Blume aufs Grab legen wird.

Lieber Leser, du hast ein mögliches Ende erreicht. Willst du wissen, wie die Geschichte sonst noch ausgehen könnte? Was passiert mit Aiden? Wird sie jemals aus ihrem Koma erwachen? Alle diese Antworten findest du, wenn du einen anderen Weg wählst. Gehe einfach noch einmal zum Anfang und wähle andere Wege. Wer weiss, was es sonst noch zu lesen gibt ...

Kapitel 3: Wahrheit

Weiter in der Dunkelheit schweben

Die Dunkelheit scheint mir sicherer und so drücke ich meine Augen fest zu. Um mich herum ist immer noch die Dunkelheit, die mich beschützt und hält. Vor ihr fürchte ich mich nicht. Doch das Licht scheint mir immer verräterischer. Es wird schwächer, leuchtet wieder hell und klar, verdunkelt sich wieder ein wenig. Als würde es um mich herum tanzen, sich über mich lustig machen. Ich versuche, es zu ignorieren, das Licht auszublenden, doch es kommt immer wieder. Ich warte so lange, bis es schliesslich dunkler wird und ganz verblasst. Nun wage ich, meine Augen wieder zu öffnen, im Glauben nur die Dunkelheit zu erkennen. Doch die Dunkelheit ist weg, ein grauer Himmel ist über mir und ein kalter Wind bläst mir entgegen. Unter mir spüre ich den kalten, schmutzigen Pausenplatz, ein paar Prellungen pochen und Blut fliesst aus meiner Nase. Von den drei Jungs ist nichts mehr zu sehen. War ich ohnmächtig? Wenn ja, wie lange? Was hat es mit diesem Licht auf sich? War es doch nicht so böse, wie ich dachte?

Langsam erhebe ich mich und stütze mich auf meine Arme. Mein Schädel brummt, der Hals fühlt sich trocken an und die Nase schmerzt, abgesehen von all den blauen Flecken, die sich auf meiner hellen Haut bemerkbar machen.

Ein feiner Tropfen fällt auf meine Nase. Ich sehe hoch und betrachte den fallenden Regen. Die Tropfen kühlen meine Haut und den brummenden Schädel. Die nassen Tropfen erfrischen mich, wecken mich auf und lassen mich wahrhaben, wo ich bin. Ich sitze auf einem Pausenplatz, nachdem ich zusammengeschlagen wurde. Kein Schüler ist zu sehen, keine Lehrperson, keine Menschenseele.

Ein leises Lachen entweicht mir. Es ist voller Schmerzen und Ahnungslosigkeit. Ich habe keine Ahnung, was vor sich geht. Wer ich überhaupt bin, was ich machen soll. Ich will nur noch, dass es aufhört. Die Ängste sollen aufhören, verschwinden, mich in Ruhe lassen. Ich will mich nicht mehr fürchten, nicht mehr in Angst und Panik leben.

Eine Träne vermischt sich mit dem Regen. Weitere Tränen folgen, bis ich schluchzend auf dem nassen Boden sitze. Mein geschundener Körper schüttelte sich, meine Nase läuft. Nasenschleim vermischt sich mit dem eingetrockneten Blut, das sich im Regen langsam auflöst.

Schluchzend stehe ich auf und wanke unters Schulhausdach. In einer Ecke steht mein Rucksack, geschlossen. Ich lasse mich neben ihm fallen und reisse den Reissverschluss auf. Drinnen erkenne ich meine eingepackten Bücher, das Etui und das dunkelrote, dicke Buch. Ich nehme es heraus und fahre über den Einband. Ich liebe dieses Buch, warum weiss ich nicht. Aber etwas steht darin, das ich wissen muss. Doch wo ist dieser Schlüssel für das Schloss?

Auf einmal habe ich das Verlangen, meine Hosentaschen zu leeren. Ich fürchte mich vor dem Inhalt und getraue mich am Anfang nicht, mit meinen Händen in die Stofftaschen zu fassen. Doch ich hole tief Luft und fasse hinein. Zwischen meinen Fingern spüre ich etwas kaltes, glattes, Dünnes. Vorsichtig ziehe ich den Gegenstand ans Tageslicht und betrachte ihn. Es ist ein kleiner Schlüssel. Gerade gross genug, um in das kleine Schloss des Buches zu passen. Mit kalten Fingern versuche ich, den Schlüssel in das kleine Loch zu stecken, doch immer wieder rutsche ich ab. Als ich es nach mehreren Versuchen endlich schaffe, lächle ich stolz und umfasse den Buchdeckel. Doch bevor ich ihn öffne, halte ich inne. Was wenn in diesem Buch etwas steht, das ich gar nicht wissen will? Vielleicht etwas zu meiner Vergangenheit? Oder zu diesem Ort?

Mein Herz pocht wild, schlägt gegen meine Brust, als will es herausspringen. Mein Atem beschleunigt sich, die Lungen blähen sich auf, nur um dann wieder in sich zusammenzufallen. Ich kämpfe gegen die Angst an, will sie loswerden, beginne sie zu ignorieren.

Mit zittrigen Fingern schlage ich das Buch auf. Auf der ersten Seite empfangen mich Wörter, in einer krakeligen Schrift.

Meine Schrift.

Ich lese die Wörter und füge sie zu einem Satz zusammen.

Die Angst in mir

Unten ist eine Zeichnung von einer schwarzen Wolke. Auf der Wolke sitzt eine dunkle Spinne. Nur schon vor der Zeichnung fürchte ich mich.

Vorsichtig blättere ich weiter und suche den letzten Eintrag. Oben steht ein Datum. Und unten steht ein kleiner Text.

16. November, 2017.

Heute habe ich eine neue Angst gespürt. Es geschah, als ich den Bleistift in meiner Hand hielt und dieser nach unten fiel. Er landete auf meinem Fuss und die feine Spitze bohrte sich in meinen grossen Zeh. Nun habe ich Angst, dass der Bleistift mich töten könnte. Mit dieser Angst, sind das insgesamt 89 Ängste.

Ich zucke zusammen, als ich diese Zahl sehe. Sie ist gross, gefährlich und beängstigend. Habe ich wirklich so viele Ängste? Gibt es überhaupt so viele Ängste? Warum schreibe ich meine Ängste in diesem Buch auf? Zu welchem Zweck und Sinn? Gibt es denn überhaupt einen Sinn?

Ich blättere zurück und nach jedem Text steht eine andere Zahl. Je weiter nach hinten ich blättere, desto kleiner wird die Zahl. Bis ich auf der vordersten Seite die Zahl 1 lese. Meine erste, bewusste Angst: die Arachnophobie, die Angst vor Spinnen.

Ich klappe das Buch zusammen, packe es in den Rucksack ein und stehe auf. Ich habe immer noch keine Erinnerungen an mein vorheriges Leben, aber ich weiss, dass mehr dahinter steckt. Mit schmerzenden Beinen schleppe ich mich nach Hause und sinke in mein Bett. Den ganzen Tag taucht kein Elternteil auf, keine Bekannte, Freunde, Verwandte. Ich bin alleine. Furchtbar alleine.

In den nächsten Tagen, Wochen, Monate gehe ich durch meinen normalen Alltag. Das heisst alleine aufstehen, in die Schule gehen, nach der Schule verprügelt werden und wieder alleine nach Hause zu kommen. Ich werde nie erfahren, wer ich wirklich bin, wie meine Geschichte lautet oder wie sie enden wird. Es ist, als wäre ich in einem unendlichen Kreislauf gefangen. Ein Kreislauf der Einsamkeit, der Verlassenheit und ein Kreislauf der Ängste.

Lieber Leser, du hast gerade ein mögliches Ende von sechs erreicht. Wie wird es weitergehen? Was wird aus Aiden passieren? Wie wird ihre Geschichte enden? Wird sie jemals sich an ihre Vergangenheit erinnern können? Du möchtest sicherlich die Antworten auf diese Fragen wissen, habe ich recht? Dann beginne nochmals von vorne und wähle einen anderen Weg. Wer weiss, was es sonst noch zu lesen gibt ...

Kapitel 3: Wahrheit

Dem Licht entgegenblicken

Das Licht zieht mich in seinen Bann, es lockt mich zu sich, will mich haben. Ich lasse es zu. Vorsichtig schlage ich meine Augen auf und strecke meine Hand nach dem Licht aus. Es fühlt sich warm an, geborgen und heimelig. Vorsichtig berühre ich das Licht. Es erhellt meine Hand, leuchtet zwischen meinen Fingern durch. Bei dem Anblick muss ich unwillkürlich lächeln. Ich fühle mich so geborgen, sicher und glücklich. Und das nur bei dem Anblick des wärmenden Lichtes.

Die kleine Lichtkugel wird grösser, beginnt in meinen Handflächen zu brennen und vibrieren. Langsam frage ich mich dann doch, ob das so eine gute Idee war. Doch mit einem lautlosen Knall wird alles weiss um mich herum. Ich sehe nichts mehr ausser weissem Licht. Mein Kopf fühlt sich an, als würde die Welt sich drehen. Nach oben, unten, rechts und dann wieder links. Das Licht wird greller und ich muss meine Augen schliessen. Langsam verdunkelt sich das Licht wieder. Es ist heller als die Dunkelheit vorhin, aber doch nicht wirklich hell. Es ist die Art von Dunkelheit, wie wenn man in einem abgedunkelten Raum versucht zu schlafen. Unter mir spüre ich eine weiche Fläche. Mein Körper liegt auf einer Art weichen Schwamm, aber es ist nicht nass, sondern warm und trocken. Ich fühle mich in dieser Wärme wohl und möchte für immer dort liegen bleiben, mich weiterhin in dieser kuscheligen, nach Lavendel duftenden Decke einmummeln. Ich will weiterhin an diesem geschützten Ort bleiben und die Stille geniessen.

Doch ein Piepen stört diese wunderbare Stille. Es ist regelmässig und immer gleich. Gleich langsam, monoton, nervig. Es stört mich sehr, so sehr, dass ich es ausschalten will. Aber dafür müsste ich diese schützende, wohlige Wärme verlassen und die Augen aufmachen.

Aber was dann?

Wo werde ich landen? In einer weiteren, traurigen Welt mit Gefahren und Ängsten? Ist das ein Traum? Realität, oder nichts von alledem?

Ich fürchte mich, es herauszufinden. Ich fürchte mich vor der Wahrheit, dem Ungewissen. Aber ich habe mich auch für das Licht entschieden, also kann es gar nicht so übel sein. Oder etwa doch?

Ich *muss* es herausfinden. Meine Neugierde ist einfach stärker, sie muss stärker sein. Aber trotzdem fürchte ich mich immer noch. Ich will die Augen öffnen, doch habe ich zu wenig Mut. Denn ich weiss nicht, was kommen wird, was mich erwartet. Aber trotzdem, ich will es herausfinden.

Mit einem Ruck schlage ich meine Augen auf. Helles Sonnenlicht, das durch die weissen Vorhänge scheint, blendet mich. Das Piepen ist immer noch da, nervig, unaufhaltsam. Ich hole tief Luft und spüre, wie sich meine Lungenflügel aufblähen und die frische, nach Krankenhaus riechende Luft aufnehmen. Auch sonst spüre ich meinen Körper wie noch nie zuvor. So spüre ich auch die verschiedenen Kabel an meinen Händen und an meiner Stirn. Meine Beine kribbeln, sie wollen sich bewegen, doch kann ich das?

Ein leises, heiseres Lachen kriecht aus meinem trockenen Hals. Irgendwie habe ich das Gefühl, dass mein Hals schon lange nichts mehr zu trinken bekommen hatte. Ebenso mein trockener Mund.

Ich bewege einen Finger. Es geht langsam. Mein gesamter Körper fühlt sich an, als wäre er eingeschlafen und würde langsam erwachen. Ich wollte gerade versuchen meinen Fuss über die Bettkante zu schwingen, als die Tür aufging und ein junger Arzt mit braunem, luftigem Haar, dunkelbraunen Augen, hohen Wangenknochen und einem zauberhaften Lächeln betritt den Raum.

Ethan.

„Oh, du bist schon wach!" Sein Lächeln wird breiter. Unter seinem Arm hat er ein Klemmbrett mit Papier drauf. Auf einen dieser Zettel notiert er jetzt irgendwas.

Scheint wichtig zu sein, denn er legt seine Stirn in Falten und der Stift klopft in unregelmässigen Abständen auf das Klemmbrett.

„Wie fühlst du dich?", fragt er mich sanft und sieht mich liebevoll an.

„Ich weiss nicht", gebe ich heiser von mir. „Irgendwie ausgelaugt und ahnungslos."

„Das ist normal nach einem Koma. Schliesslich hast du knapp vier Wochen geschlafen. Da ist es natürlich, wenn dein Gehirn ein bisschen verwirrt ist. Aber keine Sorge, mit der Zeit wird sich alles klären." Er lächelt mich liebevoll an und schreibt dann wieder etwas auf sein Klemmbrett.

„Brauchst du etwas? Hast du Durst, Hunger oder Schmerzen?"

Ich schüttle den Kopf, denn ich möchte meinen trockenen Hals nicht noch mehr strapazieren. Ethan wendet sich zum Gehen, bleibt aber im Türrahmen stehen und dreht sich zu mir um. „Ich werde dir noch etwas für deinen Hals besorgen. Ich komme gleich wieder." Dann fällt die Tür ins Schloss.

Ich lege mich zurück und atme tief ein. Irgendwie verwirrt mich dieses Treffen noch mehr als vorhin. Wo bin ich hier? Was wird geschehen, was wird mit mir passieren?

Angst steigt in mir hoch, aber nicht so intensiv wie - ja wo war das eigentlich? Der Arzt sagte, ich hätte im Koma gelegen. Also ein Traum? Es musste ein Traum sein, was denn sonst.

Ich lag vier Wochen im Koma. Vier Wochen lang habe ich geschlafen und geträumt. Eine ziemlich lange Zeit. Und in dieser Zeit war ich meinen Ängsten ausgeliefert. Noch immer verspüre ich das Ziehen in meiner Brust, das Verengen der Luftröhre und das hektische Klopfen in meiner Brust. Aber jetzt fühle ich mich besser, gesünder, wacher und weniger ängstlich. Ich fühle mich stärker, selbstbewusst und *glücklich*. Es fühlt sich komisch an, dieses Wort zu sagen. Denn schliesslich habe ich es laut meinen Erinnerungen noch nie verspürt.

Ein Lächeln zieht sich über meine Wangen. Zum allerersten Mal fühle ich mich sicher, glücklich und geborgen. Am liebsten würde ich aufstehen, tanzen und laut lachen, doch meine müden Beine und der heisere Hals lassen das nicht zu.

Die Tür geht wieder auf und Ethan betritt das Zimmer mit einem Glas Wasser in der Hand. Zumindest denke ich, dass es sich um Wasser handelt. Bei Ärzten weiss man ja nie.

„Hier, das ist für deinen Hals. Erschrecke nicht, falls es etwas bitter schmeckt, das muss so sein." Lächelnd reicht er mir das Glas. Mit meinen beiden Händen umfasse ich das Glas, denn schliesslich möchte ich es nicht fallen lassen. Vorsichtig halte ich meine Nase über den Rand und schnüffle. Ein leicht bitterer Geruch steigt mir in die Nase. Ist das Gift? Will er mich töten!?!

Ängstlich sehe ich zu Ethan. Dieser lächelt mich weiter an. „Trink nur. Keine Sorge, es hat nichts Unverträgliches darin." Ich schenke seinen Worten Glauben und trinke die Flüssigkeit mit einem Schluck aus. Der bittere Geschmack in meinem Hals lässt mich beinahe würgen. Es brennt und der Geruch steigt meine Nase hoch. Ich huste und Ethan eilt herbei. Mit sanften, aber schnellen Schlägen lässt er seine Hand auf meinen Rücken schnellen. Das Klopfen hilft. Der Husten hört auf, aber der eklige Geruch bleibt.

„Besser?", fragt er mich fürsorglich und streicht mir mit seiner warmen Hand über den Rücken.

Ich nicke. Mein Hals fühlt sich schon um einiges besser an und so getraue ich mich, langsam etwas zu fragen. „W- wo bin ich überhaupt? Was ist geschehen, was wird passieren?", stottere ich in einem Rutsch runter.

Ethan lächelt nur weiter und setzt sich auf die Bettkante. „Diese Fragen kann ich dir beantworten. Du bist hier in der Sonnenberger Klinik. Nach einer zu hohen Einnahme von Medikamenten und hoher psychischer Belastung fiel dein Gehirn in einen Komazustand. Nach vier Wochen bist du nun heute wieder erwacht. Was weiter geschehen wird, kann ich noch nicht genau sagen, aber sicher ist, dass du in ein Programm gehen wirst, um wieder in die Gemeinschaft eingegliedert zu werden." Gebannt lausche ich seinen Worten. Nach und nach setzen sich kleine Puzzleteilchen in meinem Kopf zusammen, aber ein gesamtes Bild kann ich nicht erkennen.

„Was meinen sie mit psychischer Belastung?", frage ich vorsichtig, nachdem ich neuen Mut gesammelt habe.

„Nun, du warst, oder bist immer noch starken Angstzuständen ausgesetzt. Das heisst, du hattest vor fast allem Angst und das im Übermass. In deinen Wahnvorstellungen konntest du nicht mehr zwischen Einbildung und Realität unterscheiden. Du wurdest zu einer Gefahr für die Gemeinschaft und nur dank starken Beruhigungsmitteln konnten wir dich stabilisieren. In deinem Schlaf gingen die Wahnvorstellungen weiter und so hattest du einen Realitätsverlust. Wir wissen nicht, wie viel du von ausserhalb mitbekommen hast, aber Hauptsache ist, dass du wieder wach bist."

In meinem Kopf geht ein Lichtchen auf. Immer mehr Erinnerungen schleichen sich in mein Gedächtnis und belagern meine Augen. Ich erinnere mich an meinen Vater, meine Mutter, die Schule, meine Mitschüler und der Tag, an dem ich eingeliefert wurde. Alles ist klar vor mir. Klar und erklärt.

„W-werde ich wieder gesund?", wispere ich leise. Ich habe Angst, dass diese Angstzustände bleiben werden. Dass ich immer meinen Ängsten ausgesetzt sein werde und immer nur von dieser schnürenden Kälte umgeben bin. Ich *will* das nicht.

Ethan lacht kurz auf und streicht mir wieder über den Rücken. „Wenn du es wirklich willst, dann ja."

Lieber Leser, du hast gerade ein mögliches Ende von sechs erreicht. Wie wird es weitergehen? Was wird aus Aiden passieren? Wie wird ihre Geschichte enden? Woher stammen diese Ängste? Wird sie wieder gesund? Du möchtest sicherlich die Antworten auf diese Fragen wissen, habe ich recht? Dann beginne nochmals von vorne und wähle einen anderen Weg. Wer weiss, was es sonst noch zu lesen gibt …

Kapitel 3: Wahrheit

In der Dunkelheit bleiben

Ich beschliesse zu warten und drücke meine Augenlider fest zu. Das Licht verschwindet langsam und kehrt nicht wieder zurück. War es eine gute Entscheidung, der Dunkelheit zu vertrauen und zu warten? Vielleicht hätte mich das Licht an einen besseren Ort gebracht, als hierher. Aber genauso gut könnte es ein noch schlechterer Ort sein.

Ich habe mich entschieden, ich will doch lieber zum Licht, zu der Wärme, aber als ich meine Augenlider mit einem Ruck öffne, sehe ich nur eine dunkle, feuchte, mit Moos bewachsene Wand. Ein kleiner, kalter Tropfen fällt auf meine Nase und ich zucke zusammen. Es ist, als wäre der Tropfen frisch vom Nordpol.

„Bist du wach?", fragt mich eine kratzige, besorgte Stimme. Ich richte mich auf und wende mein Gesicht zu dem Monster neben mir. Es sitzt da, wie ein kleiner Hund, der auf sein Herrchen wartet. Wäre das Monster nicht so gross wie ein Elefant, wäre diese Situation irgendwie süss. Die grossen, grünen Augen suchen meinen Körper ab. „Geht es dir nicht gut? Kann ich dir irgendwie helfen?"

Seine Stimme ist besorgt. Zu besorgt für ein menschenfressendes Monster.

Ich schüttle mit dem Kopf und sehe mich um. Es ist immer noch die gleiche Höhle, nur sieht sie jetzt freundlicher aus und weniger gefährlich.

„Was hast du geträumt? War es ein toller Traum? Nun sag schon, ich will es wissen." Sein langer Schwanz peitscht unruhig hin und her und sofort überkommt mich ein kalter Schauer.

„I-ich schwebte in Dunkelheit. Plötzlich sah ich ein helles Licht, doch ich wollte in der Dunkelheit bleiben. Da verschwand das Licht wieder und ich erwachte hier, n-neben d-d-dir." Es kostet mich sehr viel Überwindung um den letzten Satz auszusprechen.

„Ah, interessant. Aber zum Glück bist du hier erwacht und nicht neben einem furchterregenden Monster." Mit einem lauten Poltern legt es sich auf den Bauch und stützt sein Kopf auf den Armen ab. Ich lache kurz und leise auf. Diese Situation ist zu komisch, dass ich es glauben kann.

Mein Magen meldet sich mit einem lauten Knurren. Das Monster grinst nur. „Sich an, da hat jemand Hunger." Ich weiss nicht so recht, ob er mich meint oder sich. Denn wenn es die zweite Variante wäre, hätte ich allen Grund, um in Todesangst zu verfallen.

„Komm mit, hier in der Nähe habe ich ein kleines Lager." Wieder richtet es sich auf und neigt seinen langen Hals zu mir hinab. Ich sehe es nur fragend an. „Na komm, steige auf. Du scheinst mir noch zu schwach zu sein, um selber laufen zu können." Da hat es Recht. Mit zittrigen Beinen stehe ich auf und umklammere seinen Hals. Sein Fell ist feucht und warm. Es riecht nach Schlamm, Blut und Verwesung.

Ich versuche, mein Bein über seinen Hals zu schwingen, um darauf sitzen zu können, habe aber keine Kraft. Plötzlich spüre ich feine Krallen, weiche Pfoten, die mich hochschieben. Es dreht seinen Kopf zu mir und lächelt mich an.

„D-Danke", stottere ich und versuche zu lächeln, was aber nur spärlich gelingt. Denn ich habe Angst. Grosse Angst. Ich habe vor seinem Lager Angst. Denn ich weiss nicht, was es damit meint. Nur schon bei dem Gedanken an das kleine Etwas, das in seinem Mund landete, wird mir schlecht.

Es trottet los und in gleichmässigen Rhythmus wippt mein Körper hin und her. Wir biegen in einen schmalen Gang ab. Am Boden erkenne ich einen Trampelpfad. Anscheinend geht das Monster wirklich hier entlang.

„Achtung Kopf.", murmelt es und zieht seinen langen Hals ein. Von der Decke ragt ein grosser, spitzer Felsen.

„Und Aiden, wie geht es dir so?", fragt es mich.

„Ähm, ganz gut und d-dir?" Noch immer kostet es mich Überwindung, es anzusprechen.

„Ach, weisst du noch, wie du mich immer nanntest?" Ich sehe, dass es lächelt. Schnell schüttle ich meinen Kopf.

„Das dachte ich mir.", murmelt es leise, aber doch mit lauter Stimme. „Du nanntest mich immer Arigomi, das Monster unter dem Bett." Arigomi seufzt lange. Dann bleibt es kurz stehen und dreht seinen Kopf zu mir. „Du kannst mich aber ruhig Ari nennen. Der andere Name klingt so furchteinflössend." Ari lacht auf und ich bin froh, dass es einen Namen hat.

Ari geht weiter und in regelmässigen Abständen stapfen seine Füsse in den Schlamm. Währenddessen plappert es fröhlich weiter. „Erinnerst du dich noch an deine Mutter, als sie dir einfach nicht glauben wollte, dass ich existiere? Du hast geschrien, getobt und wolltest nicht in deinem eigenen Bett schlafen gehen." Ein fröhliches und kurzes Lachen ertönt in dem schmalen Gang und wird weitergeleitet. Das Echo klingt noch in weiter Ferne weiter. „Und dann musstest du trotzdem schlafen gehen und weisst du, was das Beste war? Du konntest einfach nicht einschlafen wegen mir!" Wieder lacht Ari und dabei schüttelt sich sein gesamter Körper. Ich erwidere nichts dazu.

Ari redet und redet weiter. Ich höre zu und nicke immer wieder, obschon ich weiss, dass es mich nicht sieht.

Arigomi hält an und lässt mich absteigen. Ich bleibe auf wackeligen Beinen stehen und stütze mich an der Wand ab, um nicht umzufallen.

„So, wir sind da." Vor uns sehe ich eine kleine Nische, vollgestopft mit Bündeln, Kräutern und Pflanzen. Von der Decke hängen grössere Bündel und es riecht nach Gewürzen. Mit seinem Horn leuchtet Ari alles aus und schnappt sich ein kleines Bündel mit seinen Armen. Mit einer seiner Krallen reisst er den Stoff auf und hält mir das bläuliche Etwas hin. „Das ist ein essbarer Pilz, der hier in den Höhlen wächst. Keine Sorge, Menschen können diesen auch essen." Ari spiesst auf einer seiner Krallen den blauen, schwammartigen Gegenstand auf und hält ihn mir hin. Zögerlich nehme ich den Pilz. Er ist getrocknet und riecht köstlich. Vorsichtig beisse ich ein kleines Stück ab und zerkaue es langsam, da ich immer noch sehr skeptisch gegenüber diesem Ding bin. Aber es schmeckt köstlich! Mit wenigen Bissen ist der Pilz verschwunden und mein Bauch ist voll.

„So wie ich sehe, hat es geschmeckt.", bemerkt Ari und lächelt mich glücklich an. Ich nicke nur und lecke meine Finger ab. Ein wenig des Geschmackes erreicht meinen Mund und ich seufze auf. Das war sehr lecker, so gut hatte ich schon lange nicht mehr gegessen.

Ein herzhaftes Gähnen entweicht mir und ich strecke mich ausgiebig.

„Bist du müde? Komm, wir gehen zurück, da kannst du in Ruhe schlafen." Wieder streckt Ari mir seinen Hals hin und diesmal kann ich selber raufklettern. „Halte dich gut fest, jetzt werden wir etwas schneller gehen", grinst es und sprintet schon los, ehe ich fragen kann. Der Gang schnellt an uns vorbei und im richtigen Augenblick duckt sich Arigomi unter dem Felsen durch. Ich werde durchgeschüttelt und nehme die Umgebung kaum noch wahr. Auf einmal wird Ari langsamer und wir kommen in der grossen Höhle an. Dann geht er gemütlich in eine grün bewachsene Ecke und lässt mich absteigen. Wie eine Katze geht er im Kreis auf der moosbewachsenen Ecke umher und lässt sich dann auf die Seite fallen. Der Kopf sieht zu mir und die grünen Augen blinzeln. „Komm, leg dich auf meinen Bauch." Ängstlich gehe ich einen Schritt zurück. Ich fürchte mich immer noch ein wenig vor Ari, aber das ist zu viel. Ich soll mich auf seinen Bauch legen? Direkt unter seinem Kopf, wo seine Zähne sind?

Ari lacht nur über meine Reaktion. „Du musst dir keine Sorgen machen. Dich werde ich nicht beissen. Nur Mut, du wirst schon sehen, ich bin gemütlicher, als ich aussehe." Zögerlich gehe ich einen Schritt auf ihn zu und lehne mich ganz vorsichtig an seinen Bauch. Plötzlich rollt Ari sich zusammen und ich werde von seinem warmen Fell umgeben. Seinen Kopf legt es auf die Vorderbeine, direkt vor mir. Mit einem Auge sieht es mich noch an. „Und? Ist es schlimm?" Ich schüttle den Kopf. Nein, ganz im Gegenteil. Es ist warm, wohlig und bequem. Ich niste mich noch mehr ein und schliesse meine Augen. Dann geht das Licht aus und ich falle in einen tiefen Schlaf.

In den nächsten Tagen, Wochen oder Monaten lebe ich zusammen mit dem Monster. Am Tag erkunden wir zusammen die Höhle, gehen schwimmen, obwohl ich mich davor fürchte. Manchmal sammeln wir neue Pilze oder andere Pflanzen, die wir dann trocknen können. Am Abend - also wir nehmen an, dass es Abend ist, denn hier gibt es kein Sonnenlicht - essen wir zusammen und erzählen uns Geschichten. Dann gehen wir schlafen. Ich habe mich sogar schon an Ari's Essgewohnheiten gewöhnt. Ich kann es zwar immer noch nicht sehen, aber das Geräusch macht mir nicht mehr viel aus. Zusammen mit Arigomi lerne ich, mit meinen Ängsten umzugehen und er ist ein richtiger Freund geworden. In seiner Nähe fühle ich mich wohl und sicher. Wir lachen zusammen, weinen und trösten uns gegenseitig. Es ist ein schöner Kreislauf, den ich zusammen mit Ari verbringe. Doch wenn er von meinen Erinnerungen spricht, habe ich das Gefühl, nicht hierher zu gehören. Mein Gefühl sagt mir, dass diese Welt falsch ist und das irgendwo meine Mutter auf mich wartet, um mich in ihre Arme schliessen zu können.

Lieber Leser, du hast gerade ein mögliches Ende von sechs erreicht. Wie wird es weitergehen? Was wird aus Aiden passieren? Wie wird ihre Geschichte enden? Wird sie ihre Erinnerungen je wieder bekommen? Und was hat es mit diesen Ängsten auf sich?

Du möchtest sicherlich die Antworten auf diese Fragen wissen, habe ich recht? Dann beginne einfach nochmals von vorne und wähle einen anderen Weg. Wer weiss, was es sonst noch zu lesen gibt ...

Kapitel 3: Wahrheit

Im Dunkeln bleiben

Ich kann dem Licht nicht vertrauen. Es scheint mir zu hell, zu vertrauenswürdig. Die Dunkelheit ist stärker, beschützender und besser. Das Licht zieht sich zurück, bis es ganz verschwindet. Ich atme auf. Nun ist die Gefahr vorbei, oder?

Unter mir reisst sich die Dunkelheit auf und ich werde mit einem Ruck nach unten gezogen. Ich versuche zu schreien, mich irgendwo festzuhalten, doch nichts klappt. Die Dunkelheit zieht an mir vorbei, schnell wie ein Güterzug. Unter mir kann ich einen Boden erkennen, schwach und verschwommen. Ich kneife meine Augen zusammen und erwarte die Schmerzen, doch nichts geschieht. Mit einem kleinen Rums lande ich auf dem Boden und öffne meine Augen. Ich liege wieder auf dem feuchten, schlammigen Höhlenboden, mit pochendem Fuss, verstauchtem Handgelenk und schmerzenden Gliedern. Die Tränen sind auf meinen Wangen eingetrocknet und meine Augen brennen noch leicht. Vorsichtig versuche ich aufzustehen, denn das Monster könnte mich immer noch suchen und fressen wollen.

Nach dem dritten Versuch gelingt es mir schliesslich. Meine Beine fühlen sich zwar wie Pudding an und von meinem Fuss gehen immer wieder grosse Schmerzwellen aus, aber sonst geht es mir gut. Wieder stütze ich mich an der Wand ab und humple weiter, den rechten Fuss nur auf das Minimalste belastend.

So humple ich einen gefühlt langen Weg, immer weiter nach unten. Kleine Kieselsteine bohren sich in meine Füsse und die Glieder werden immer schwerer. Mein Fuss schmerzt schon so sehr, dass ich ihn gar nicht mehr belasten kann. Auf einem Bein springe ich langsam nach vorne und schon nach kurzer Zeit brennt mein linker Fuss von der ungewohnten Belastung.

Von dem Monster habe ich nichts mehr mitbekommen. Kein Geräusch, ausser das Tropfen des Wassers. Es hat eine beruhigende Wirkung auf mich. Es wirkt, als wäre alles in Ordnung, obwohl es genau das Gegenteil ist. Ich humple in einer dunklen Höhle vor einem Monster weg, mit grossen Schmerzen und ich bin meinen Ängsten ausgesetzt. Sofort schnürt sich mein Hals zusammen und mein Herz schlägt schnell gegen meine Brust. Die Welt verschwimmt vor meinen Augen und so sehe ich die kleine Erhebung nicht. Ich torkle nach vorne und stosse meinen linken Fuss gegen die kleine Erhebung. Ich verliere den Halt und falle um. Mit meinen Händen versuche ich, meinen Fall zu bremsen, jedoch als mein verstauchtes Handgelenk dem plötzlichen Druck ausgesetzt ist, schreie ich auf und klappe zusammen. Mein rechter Fuss kommt schmerzerfüllt auf den Boden und ich heule auf. Schmerzhafte Zuckungen durchschütteln meinen geschundenen Körper. Tränen bahnen sich ihren Weg über meine schmutzigen Wangen und brennen auf einer kleinen Schürfwunde, die mir der Fall zugebracht hat.

Ich kann nicht mehr. Ich will nicht mehr. Soll mich das Monster doch fressen, mich erlösen und mich glücklich machen. Schluchzer durchfahren meinen Körper und drückt an die blauen Flecken, doch es ist mir egal. Alles ist mir egal. Die Ängste sind mir egal, meine Schmerzen, meine Wunden, mein Leben. Ich will nur noch dass es aufhört, dass es beendet wird. Das ich *frei* sein werde.

Mein Körper erschlafft und nur leise Schluchzer dringen aus meiner Kehle. Die Tränen versiegen nach einer Weile und nun liege ich im Dreck, müde, ausgelaugt, schmerzerfüllt. Ich betrachte den schlammigen Weg vor mir. Er ist mit Steinen und Dreck übersäht. Moos wächst an den Seiten und kleine Farngewächse durchbrechen den Felsen. Der Gang wird von einem bläulichen Pilz erhellt. Schwach, aber beruhigend.

Tropf.

Ein Tropfen fällt von einem spitzen Felsen nach unten und versinkt im Schlamm.

Tropf.

Ein weiterer Tropfen, diesmal mehr links, fällt zu Boden und erfüllt den Gang mit einem beruhigenden Geräusch. Mein Herzschlag beruhigt sich, meine Augen werden müde.

Rums.

Ein weiterer Tro-, nein warte. Das klang nach einem Rums und nicht nach einem beruhigenden Tropfen. Was ist das?

Weit hinter mir ertönt ein schrilles Fauchen.

Das Monster!

So schnell es geht, rapple ich mich auf und humple schnell weiter, den Schmerz ignorierend. Die Erde bebt und Steine rumpeln. Es ist nicht das Monster von vorhin, nein es ist kleiner und schneller.

Für einen kurzen Augenblick drehe ich mich um und sehe eine dünne Echse auf zwei Beinen, mit einem langen Schwanz, Drachenkopf und langen Krallen. Das Tier ist blau und leuchtet wie die hier wachsenden Pilze. Die Zähne blitzen auf und das gibt mir Ansporn um noch schneller zu rennen. Doch die Echse holt auf und faucht laut.

Ein paar Meter weiter entfernt sehe ich einen Felsspalt. Er ist gross genug für mich, aber zu klein für die Echse. Ich humple weiter und versuche meinen Fuss nicht zu belasten, doch ich bin zu langsam. Die Echse kommt näher und näher, bis ich ihr beissendes Atmen in meinem Nacken spüren kann. Doch schon ist die Felsspalte vor mir und ich nehme meine gesamte letzte Kraft zusammen und springe hinein. Ich komme unsanft auf dem schmutzigen Boden an und stosse meinen Kopf an der Felswand, doch alles ist besser als von dieser Echse gefressen zu werden. Denn diese steht fauchend vor dem Spalt und versucht mich mit ihren Krallen zu erwischen. Jedoch sind ihre Arme zu kurz und ich krieche noch weiter in den Spalt hinein. Jetzt heisst es warten.

Warten.

Warten.

Und warten.

Ich weiss nicht wie lange ich schon hier sitze, aber es fühlt sich wie eine Ewigkeit an. Die Echse lungert immer noch vor dem Felsen und faucht ungeduldig. Ich mache es mir bequem und warte weiter.

Ich warte.

Und warte.

Ich warte weiter, doch die Echse bleibt hier.

Nach langem Warten falle ich einen traumlosen Schlaf und werde von einem Fauchen wieder geweckt. Ich richte mich auf und sehe die hungrigen Augen des Monsters. Sie sind rot und funkeln mich böse an. Aus Reflex weiche ich weiter zurück.

Nach weiterem Warten überkommt mich ein grosses Hungergefühl. Wie lange habe ich schon nichts mehr gegessen? Drei oder vier Tage? Vielleicht auch mehr?

Ich warte weiter, doch die Echse will nicht weg. Sie legt sich hin und sieht mich immer wieder prüfend an. Das Hungergefühl hat wieder zugenommen und mein Bauch schmerzt fürchterlich. Immer wieder knurrt mein Magen und verlangt nach Essen, doch ich bekomme nichts. Die Echse lacht nur leise. Es ist ein kratziges, hohes Lachen, voller Freude. Das Monster weiss, dass ich bald abkratzen werde und wird mich nicht eher frei lassen.

Noch immer warte ich. Auf was habe ich inzwischen vergessen. Warte ich auf das Ende? Eine Erlösung, oder habe ich immer noch die Hoffnung, dass das Monster doch weggeht? Ich weiss es nicht mehr.

Endlich, das Warten hat sich gelohnt. Meine Augen fallen zu und mein Magen hört auf zu knurren und ich kippe schwach zur Seite. Ich bin zu schwach, ausgehungert und leer, um noch irgendwas zu machen. Noch kurz öffne ich die Augen und sehe, wie sich das Monster erhebt und weggeht. Sehe ich wirklich schon so tot aus? Dann fallen meine Augen zu und ewige Dunkelheit umgibt mich.

Stumm steht der 16-jährige Jugendliche vor dem kleinen Grab. Eine einzelne Kerze versucht, sich gegen den Wind zu wehren und die schwache Flamme tänzelt im Wind. Er sieht zu den wenigen Blumen, die irgendwelche Menschen aus Mitleid auf das Grab gelegt haben. Schliesslich hat sie niemanden mehr. Ihre Mutter starb an einem Unfall und von dem Vater weiss man nichts. Er ist der Einzige, der noch für Aiden da ist, auch wenn sie es nicht weiss. Schon immer war er für sie da und musste zusehen, wie das kleine Mädchen immer mehr ihren Ängsten ausgesetzt war und schliesslich eingeliefert wurde. Er erinnert sich noch genau an den Tag, als der Vater mit ihr ins Auto gestiegen war und davon fuhr. Am Abend kam er dann alleine zurück. Am nächsten Morgen erzählte die Lehrerin, dass Aiden unter ärztlicher Betreuung stehe. Daraufhin ging er zu der Anstalt und fragte nach ihr. Jedoch durfte er nicht zu Aiden.

Jede Woche ging er zu ihr, wurde jedoch immer fortgeschickt. Eines Tages erfuhr er, dass Aiden ins Koma gefallen war, aufgrund von hohen Beruhigungsmitteln. Ab da durfte er zu ihr. Er besuchte sie täglich, hielt ihre Hand und flüsterte ihr seine Liebesgeständnisse ins Ohr. Er hatte immer die Hoffnung, dass sie eines Tages ihre wundervollen Augen öffnen würde. Schliesslich erfuhr er vor drei Tagen, dass Aiden nie wieder erwachen wird. Und jetzt steht er an ihrem schmucklosen Grab und schämt sich, dass er keine Blumen mitgebracht hatte. Aber Aiden hatte Blumen nie gemocht. Er kannte sie besser, als jeder

andere. Er liebt sie immer noch, auch nach ihrem Tod.
Und er wird sie für immer lieben.

Lieber Leser, du hast gerade ein mögliches Ende von sechs erreicht. Wie wird es weitergehen? Was ist das für ein Wesen? Was wird aus Aiden passieren? Wer ist dieser Junge? Weshalb fiel sie ins Koma und was hat es mit diesen Ängsten auf sich?

Du möchtest sicherlich die Antworten auf diese Fragen wissen, habe ich recht? Dann beginne einfach nochmals von vorne und wähle einen anderen Weg. Wer weiss, was es sonst noch zu lesen gibt ...

Kapitel 3: Wahrheit

Der Dunkelheit vertrauen

Das Licht schwebt weiter vor mir und kurz überlege ich mir, ob ich nicht doch das Licht packen sollte. Doch die Furcht vor dem Hellen ist zu gross in mir, dass ich doch lieber hierbleibe. Das Licht verschwindet und kommt kurz darauf wieder, als wolle es mich in eine Falle locken. Als das Licht merkt, dass ich kein Interesse zeige, verschwindet es ganz und erscheint nicht wieder. Gerade als ich aufatmen will, wirbelt die Dunkelheit um mich herum und bildet einen grossen Strudel, der mich hineinzieht. Ich falle durch die Dunkelheit, schreiend und mit den Armen rudernd. Doch alles nützt nichts. Ich falle immer weiter, bis nur noch Nässe mich umgibt.

Ruckartig schlage ich meine Augen auf und sehe mich um. Ich treibe an der Wasseroberfläche, in der Nähe des Ufers. Ich habe keine Ahnung, wie ich noch leben kann, aber eines ist sicher, die Spinne ist tot.

Mit schwachen Beinschlägen schwimme ich zum steinigen Ufer und ziehe mich hoch. Dann lasse ich mich fallen, atme ein und aus. Diese kurze Strecke hat mich erschöpft und ausgelaugt. Aber ich lebe noch und darüber bin ich sehr froh.

Nachdem ich mich wieder etwas stärker fühle, wage ich aufzustehen und mich umzusehen. Auf der anderen Seite sehe ich den Kachelboden und die schmutzigen Wände im schummerigen Licht. Auf der Seite, auf der ich stehe, erinnert es mich eher an einen See in einem dunklen Wald. Denn hinter mir wuchern Bäume und grosse Pflanzen aus der nassen Erde. Ich höre Tiere fauchen, Vögel pfeifen und Äste knacken. War dieser Ort schon vorhin hier?

Mein Herz schlägt schnell gegen meine Brust, ich kriege kaum noch Luft und alles verschwimmt. Die nackte Panik ist in mir hochgestiegen und nimmt mir jeden klaren Gedanken. Meine Hand verkrallt sich in meine Brust, während ich auf dem steinigen Untergrund umher wanke. Dann wird meine Luftröhre wieder freigegeben und ich kann wieder atmen. Meine Lungenflügel saugen gierig die frische Luft ein und beruhigen sich langsam. Als ich wieder klar denken kann, wage ich, ein paar Schritte in den Wald zu machen. Barfuss gehe ich über dünne Äste, Schlamm und Steine. Die feinen Schürfungen an meinen Füssen ignoriere ich gekonnt.

Ich komme an grün bewachsenen Bäumen vorbei, schwarzen, angsteinflössenden Vögeln, dunklen Höhlen und kleinen Spinnen. Um jedes Tier mache ich einen grossen Bogen und versuche nichts zu berühren. Ständig achte ich wieder auf meine Füsse, sodass ich unter gar keinen Umständen in etwas Ekliges trete.

So gehe ich weiter, bis ich auf ein altes Haus stosse. Das Dach ist eingestürzt, es hat keine Fenster mehr und die Wände sind mit Moos, Efeu und anderen Pflanzen überwuchert. Es sieht idyllisch aus, angenehm, ja beinahe schon heimelig. Die Neugierde hat mich gepackt und so betrete ich das verwachsene Haus. Eine Libelle fliegt aufgescheucht davon und verschwindet hinter dem Haus. Das Singen der Vögel verstummt und ich bleibe stehen, die Augen weit aufgerissen. Von der idyllischen Atmosphäre ist nichts mehr vorhanden. Kein wohliges Grün mehr, keine fröhlichen Vögel. Mein Herz schlägt schneller, die Finger zucken und ich atme hektisch. In einer Ecke des Hauses liegt eine Leiche. Vertrocknetes Blut klebt an unzähligen Stellen, die braune Kleidung ist zerrissen und ein Messer steckt in seiner Brust. Ein unangenehmer Gestank dringt in meine Nase. Es riecht nach Blut, Schweiss und Verwesung. Dieser Körper liegt demnach schon länger hier. Aber wer ist das? Wer hat diesen Mann getötet? Wo bin ich überhaupt und was geschieht hier? Immer hektischer schlägt mein Herz, immer schneller wird mein Atmen und immer schwindliger wird es mir. Ich stütze mich an der moosbewachsenen Wand ab und spüre etwas Glitschiges, Nasses. Ich sehe hin und kreische laut. Unter meiner

Handfläche zuckt noch ein dicker Käfer vor sich hin und schnell ziehe ich meine Hand weg. An meiner Handfläche kleben die Überreste des Käfers und mit gebannten Augen starre ich auf das leblose Tier. Ich mag Käfer zwar nicht besonders, aber ich fürchte mich nicht, sondern ekle mich eher davor.

Um mich herum bewegen sich die Wände. Die Wände, die ich als moosbewachsen hielt, sind voller Käfer. Sie krabbeln, zwicken und surren umher. Ihre Flügel zittern und sie heben ab. Über mir bildet sich eine schwarze Wolke aus Käfern, die sich langsam fortbewegt.

So schnell ich kann, renne ich davon. Weg von dem Haus, weg von den Käfern und weg von der Leiche. Ich renne quer durch den Wald und verliere die Orientierung. Aber solange mich keine Käfer fressen werden, ist alles in Ordnung.

Ich bleibe erst stehen, als ich auf einer steinigen Lichtung angekommen bin. Hier liegen tausende von Steinen, kreuz und quer durcheinander. Grosse, kleine, spitzige und weiche. Sie haben alle möglichen Formen und bilden zusammen die verschiedensten Figuren.

Vorsichtig betrete ich die Lichtung und klettere auf einen Stein. Der Stein ist warm, weich und sicher. Dort kauere ich mich hin und warte. Ich warte lange, sehr lange und lerne dabei die Umgebung kennen. Ich merke, dass die Tiere hier nicht gefährlich für mich sind und welche Pflanzen man essen kann. So passe ich mich hier an und schlafe auf den warmen Steinen. Am Tag gehe ich auf die Suche nach Lebensmitteln und bereite diese zu. Obwohl ich in ständiger Angst lebe, gefällt mir dieses Leben irgendwie. Nur manchmal in der Nacht überkommen mich Gedanken, dass das hier alles nicht echt ist. Das die richtige Welt auf mich wartet. Dort, wo meine Erinnerungen sind, dort wo der Junge ist, meine Eltern, Ethan und alle anderen, die ich kenne. Dort, wo alles sicher ist und meine Ängste nicht existieren. Ein Ort, an dem ich leben kann.

Lieber Leser, du hast gerade ein mögliches Ende von sechs erreicht. Wie wird es weitergehen? Was ist mit diesem Mann passiert? Was wird aus Aiden passieren? Was hat es mit diesen Ängsten auf sich? Wird sie sich jemals wieder erinnern können?

Du möchtest sicherlich die Antworten auf diese Fragen wissen, habe ich recht? Dann beginne einfach nochmals von vorne und wähle einen anderen Weg. Wer weiss, was es sonst noch zu lesen gibt …

Demnächst im Buchhandel erhältlich:

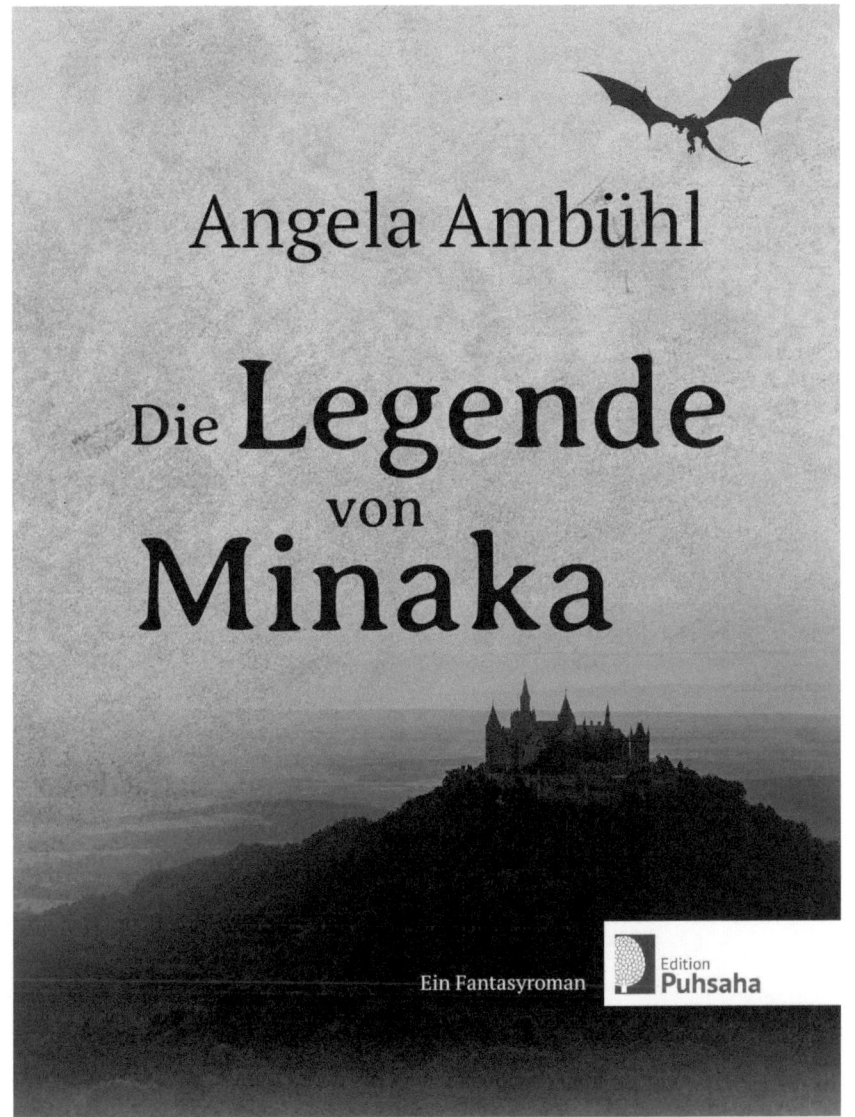

Angela Ambühl

Die **Legende** von **Minaka**

Ein Fantasyroman

Edition **Puhsaha**